vmn

In Dankbarkeit

Für meine Familie, mit der ich so viele fröhliche aber auch ernste Zeiten im Glauben verbringen durfte.

Für meine Freunde, Frauen und Männer aller möglichen Konfessionen, mit denen ich so oft gelacht und gesungen habe, geturnt und gesprungen bin, mit denen zusammen ich mich gefreut, mit denen ich aber auch Leid getragen habe.

Für meine Kreuzbergwallfahrer, in deren Gemeinschaft ich mich immer so wohl gefühlt habe.

Schließlich auch für die meiner guten Freunde, die mit Gott oder auch mit Religionsgemeinschaften nicht viel anfangen können, ohne die dieses Buch gar nicht entstanden wäre.

Wilhelm Wolpert

Lieber Gott, ich schlag vor, mir sachng Du zuänanner

Mei fränkischa Gebetli

vmn
Verlag M. Naumann

Verlag M. Naumann, vmn, Hanau, 2011
Druck: AALEXX Buchproduktion GmbH, Großburgwedel

ISBN 978-3-940168-97-9

3. Auflage 2014

Das Umschlagbild zeichnete Helmi Scheuring.

Bibliografische Information der Deutschen Nationalbibliothek
Die Deutsche Nationalbibliothek verzeichnet diese Publikation in der Deutschen Nationalbibliografie; detaillierte bibliografische Daten sind im Internet über http://dnb.ddb.de abrufbar.

Inhalt

Fromma, fränkisch-fröhlicha Gebetli

Der Weihwasserkessel

Wenn eener äwas klaut, dann braucht er des vielleicht am End,
oder es gfällt na. Aber, lieber Gott, trotzdem iss des doch jedsmal ä Sünd.
»Du sollst nicht stehlen«, häßt's doch scho im siebten Gebot,
und für die Dumma: »Du sollst nicht begehren deines Nächsten Hab und Gut.«
Wer also was klaut, der zeigt: Fromm sein kann er nicht,
und dass er sich also, lieber Gott, net nach deiner zehn Gebote richt.
Jetzt aber hat eener in unnern Friedhof än Weihwasserkessl geklaut.
Herr, also des hat mich ja wirklich fast vom Schemmel ghaut!
Des muss ja ä frommer katholischer Mensch sei: Weihwasser – denk ämal an!
Also, ä fromma Fraa war des wahrscheinlich net; des war sicher ä Mann.
Aber jedsmal, wenn er spritzt mit dem Wasser, mit dem geweihtn,
muss er doch an sei Sünd denk, Herr, und er muss doch dadrunter leidn.
Vielleicht hat ä frecha Fraa den Moo angstift? So sinn mancha Frauen.
Und sie hat na vielleicht gebetn, für sie den Weihwasserkessl zu klauen.
Jetzt kann sa ihrer Verwandtschaft im Grab Segen spenden und Trost.
Sie hat die Sünd net. Sie kann spritz – und es hat net ämal was gekost.

Der Friedensgruß

Der Friedensgruß, lieber Gott, ich denk, dass der gar net so schlimm iss.
Links, rechts, vorn und hinten – mer sicht, wer um een rüm iss.
Mer fräät sich, mer lacht, mer gibt sich die Hend.
»Der Friede sei mit dir!« Des iss merschtens ehrlich gemeent.
Bloß am Sonntag, da warn zwä neber mir, die warn krank.
Wie zwä Häufli Elend warn sa daghöckt in der Bank.
Und wie die gekulcht hamm, die zwä Jammergstaltn,
und sie hamm aa noch beim Hustn ihr rechta Hend vorghaltn.
Leider Gottes *die* Hend, Herr, die wo beim Friedensgruß
ich dena zwä Huster dann aa wieder zurückgeb muss.
Ich spür's, des Husten-Bakterium iss rüberghüpft zu mir.
Und bei der Kommunion muss ich mit derselbm Hend die Hostie berühr.
Ich fühl's fei scho in mir, des Bakterium, des klee Dingla.
Na, hab ich's scho in mein Hals? Hab ich's gar scho in mein Züngla?
Ich richt mich beim Beten auf ä längeres Krankenlager ei.
Ohne Friedensgruß, denk ich, könnersta kerngsund sei.
Nach acht Tag merk ich, Herr, es hat mer fei nix ausgemacht.
Jetzt wäß ich, ich hab *doch* än Schutzengel, der über mir wacht.

Falsch gsunga

Du lieber Gott, heut in der Kirch neber mir war ä
Moo,
wenn du den *net* singa ghört hast, lieber Gott, dann
sei froh.
So falsch hat noch nie eener neber mir gsunga.
Ich wär ja bal vor Schreck aus die Benk naus
gsprunga.
Erscht hab ich gedacht: ›Wenn er ner die Goschn
haltet, der Mann.‹
Aber dann guck ich na so von die Seitn an,
und wie ich gsehn hab, wie der begeistert iss
vo dein Wort,
wie der von dir begeistert gsunga hat, du lieber Gott,
wie ich *des* gsehn hab, Herr, da hab ich mich
scheniert.
Wann hab *ich* je so ä Begeisterung für dich gspürt?
Wann hab *ich* so vor Begeisterung für dich gsunga?
Wann bin *ich* vor Begeisterung für dich gsprunga?
Jetzt wäß ich: Richtiga Notn, Herr, sinn dir egal.
Kadenzen, Harmonien oder gar ä Intervall.
Du guckst aufs Herz, lieber Gott, net aufm Gesang.
Du guckst auf die Begeisterung, net aufm Klang.
Ich denk, ich wäß jetzt endlich, lieber Gott, was
richtiger iss.
Ich denk, ich wäß jetzt endlich, lieber Gott, was dir
wichtiger iss.

Ä Pharisäer

Was ich dir jetzt erzähl, lieber Gott, also, da bist du erledigt:
Iss doch mei Banknachber eigschlaffm, mittn in der Predigt.
Und als ob diese Unverschämtheit net scho reicht,
hat er sogar, lieber Gott, noch leis zu die fromma Worte gschnarcht.
Derbei hat unner Herr Pfarrer grad heut so schö gsprochng:
von die Bergpredigt – mer hat die Seligkeiten förmlich gerochng.
Und dann hat er von der Sünd gepredigt, die könnert een überall begechng,
und dass mir die Sünd meid solln; er selber wär eigentlich aa degechng.
Bei der Heilichng Wandlung, hoff ich, wacht er auf.
Ich guck mein Nachber an.
Der ratzt seelenruhig weiter im Sitzen, lieber Gott, der denkt gar net dran.
Bei der Kommunion dann fliecht na sei Gsambuch runner. Des gibt na än Ruck.
Er wacht auf, er kniet sich – unschuldicher, bräver kann ä Mensch gar net guck.
Und dann nach der Kirch – ich hab meiner Aachng net getraut –,
hat er sich stolz vor unnern Herrn Pfarrer aufgebaut,
und er secht mit zuckersüßen Worten, er himmelt na direkt an:
»Ach, Herr Pfarrer, Ihr Predigt war so schö, die hat mer heut arg gutgetan.«

Wie meensta, lieber Gott? Du hast doch grad zu mir gsprochng.
Was? Ach, du meenst, der Schnarcher und Schlaffer, der hat gar net gelochng?

Nei die Kirch? Gibt's da was umsonst?

Lieber Gott, ich bin zu spät kumma nei die Kirch.
Es war der aber aa ein Gehetz und ein Gewürch!
Und dann iss aa noch, du Herr, du wirst's wissen,
dummerweis mei rechter Schuhbendel abgerissn.
Heut iss was los! Platz zu kriechng, des iss ä Kunst.
Mer gläbt's net, aber gibt's in der Kirch was umsonst?
Wo kumma bloß die viela Altn und die Klenna her?
Sitzplätz gibt's scho seit ä Stund kenna mehr.
Kenner gläbt des, wenn ich des erzähl. Mancha lachtn.
Ich will aufrichtig sei: So was gibt's ner bloß noch an Weihnachtn.

An annera Tag – sinn mer doch ämal ehrlich –,
an annera Tag iss der Kirchenbesuch eher spärlich.
Obwohl's in der Kirch was umsonst gibt für die Leut,
rundrum wohna sa.
Herr, du wartst vergeblich. Dei Kirch iss schö –
weil, die Leut schona sa.

Naufm Kreuzberg gewallt

Heut wolln mir zum Kreuzberg wallen.
Lasst, Christen, hoch den Jubel schallen!
Naufm Kreuzberg –
des iss der heilige Berg der Franken.
Wir, lieber Gott, dich loben und dir danken.
Alta und Junga, mancha dünn, mancha drall –
kommt her, ihr Kreaturen all.
Beizeit, scho vor sechsa, erhoben sie sich.
Großer Gott, wir loben dich.
Dann um neuna muss gerastet werden.
Ja, ja, mir sinn nur Gast auf Erden.

Mancha müssertn ämal, doch kein Gebüsch iss zu erblicken.
Wohin soll ich mich wenden, wenn Kraut und Schmerz mich drücken?
Abends wird's spät, mit Schoppm und mit Lieder.
Düster sank der Abend nieder.
Durscht gelöscht mit Wein und Bier.
Laut erklingt's: Selig seid ihr.
Endlich, nach drei Tag simmer da.
Heil uns, Heil! Halleluja!

Der Friederich, der Friederich …

Oh Herr, zum Kreuzberg wallen wir.
Der Friedrich, der wallt neber mir.
Aber es gfällt mer net, wie der sich verhält.
Sei Blick schweift nur durch die Pflanzenwelt.
»Guck an, den schönna Adlerfarn dadort!« –
»Sei ruhig«, sag ich, »mir betn ägrad.«
Und wie mir singa, kurz dadrauf,
da ändert der Friedrich seinen Lauf:
Er läfft nein Wald dervo im stumpfen Winkel.
›Na ja‹, denk ich, ›der muss halt ämal pinkel.‹
Da kummt er scho wieder. Ich hör na leis hüsteln:
»Da drübm, ä ganzer Wald voller Silberdisteln!« –
»Halt jetzt dei Maul«, zisch ich na an,
»jetzt kommt ä Rosenkränzla dran.«
Da rupft er ä rosa Distela und hält's mir vors Gsicht:
»Des«, secht er, »iss es eenzicha Distela, des wu gut riecht.« –
»Halt die Goschn!« Ich will na auf annera Gedankng bring:
»Gleich wolln mir doch ›Großer Gott, wir loben dich‹ sing!«
Da stuppst mich der Friedrich scho wieder an:

»Wilhelm, da drübm wächst echter Enzian!«
Er zeigt mit sein Steckng hin, dass ich na find.
Herr, begeht der Friedrich net ä schwera Sünd?
Dass der Kerl net sein Blick nach inna richt,
dass der Friedrich ner bloß die Bluma sicht?

Da spür ich, dass plötzlich mei Gedankng andersrum laufm.
Der Friedrich, lieber Gott, des iss der Frömmst in unnern Haufm!
Er bewundert dei Schöpfung! Sei Aachng, die funkeln.
Er spürt die Schönheit der Natur, sogar im Wald noch, im Dunkln.
Sei Aachng glänzn, sei Sinne verweilen.
Und stell dir vor: Er will mit mir sei Begeisterung teilen.
Wenn mer Schöpfung mit-teilen will (und er teilt sa mir mit),
iss des, Herr, net es allerfrömmsta Gebet?
Da kann *ich* nur noch bet: Herr, wir wolln dir danken.
Der Friedrich vor allem und aber aa mir übricha Franken.

Danke

›Du lieber Gott, jetzt wird ä Wallfahrt gemacht,
da kannst ruhig ämal äwas erbitt‹, so hab ich mir gedacht.
Also bitt ich vor allem: Ich will gsund gebleib,
und, Herr, Krankheiten halt fern auch vo mein Eheweib.
Pass bitte auf mei Kinner auf, dass sa weiterhin auf dich hörn,
und dass sa sich immer und überall gut aufführn.

Weiterhin bitt ich dich, Herr, ganz demütig und ergeben,
dass wir nur Frieden im Großen, aber auch im Kleinen erleben.
Und dass mir des aa joo net vergessn, du lieber Gott:
Gib uns täglich zu trinken und zu essen, unner täglich Brot.
Es Wetter soll gut sei, dass die Früchte gedeihn.
Im Sommer schick Sonne, und im Winter lass schnein.

Wie ich dann ankumm an dem Wallfahrtsort,
denk ich: ›Jetzt trägst du dei Bittn vor, Wort für Wort.‹
Aber, lieber Gott, was ich vorher gar net bedacht hab:
dass ich unterwegs ganz annersch an dich und mich gedacht hab.
Also hab ich dir zuerst ämal danken wolln für mei ganzes Läbm
und für die viela guta Menschen, die mich umgebm.
Für die aa, die diese Wallfahrt möglich gemacht hamm.
Dass sich alla vertrachng hamm, dass sich kenna verkracht hamm.
Für die Sänger, für die Musiker, fürs Orchestrion
und natürlich vor allem aa für unnern Diakon.
Lieber Gott, die Zeit in der Kirch hat fast net gelangt,
für so viela, viela Sachng hab ich mich bei dir bedankt.
Herr, du hast mir's doch hoffentlich net übel genumma:
Vor lauter Danken bin ich nämlich desmal gar net zum Bitten kumma.

Verbrenn lass?

Also, die alt Babett! Erst hat sa uns in der Kirch flenn lass,
und nacher, lieber Gott, nacher hat sa sich eefach verbrenn lass.
Sie will nei die Urnenwand. Des hat sa hinterlassn.
Da braucht sa net gegossn zu wern und wird trotzdem net vergassn.
Willst du des, lieber Gott, iss dir des wirklich recht?
Oder denkst du, verbrenn lassn, des iss schlecht?
Früher war des fei – ich wäß noch – ä schwera Sünd,
aber heutzutag lacht dadrüber doch scho jeds Kind.
Jeds Kind wäß doch aa, dass der Körper verdirbt,
wenn mer des Pech hat, dass mer aa ämal stirbt.
Mei Muskeln sinn dann fort, mei Hirn, mei Gehör,
mei Lieder, mei Wissen – des gibt's alles nix mehr.
Mei starka Arm sinn fort, und mei Bee natürlich aa.
Ach, Gott, lieber Gott, wie steh ich denn dann vor dir da?

Aber so dumm bin ich net, wie du sicher weißt.
Mir iss klar: Mir hamm ja noch unner Seele und unnern Geist.

Ich gläb, ich mach mir da viel zu viele Gedankng.
Aber so sinn mir halt, Herr, mir eefacha Frankng.
Ich schlag vor, bis dahin, bis mir unner Läbm aushauchng,
söllertn mir für *die* da sei, die wo uns notwendig brauchng.
Für die, die wo unner Wort brauchng und unner Taten.
Des iss ja aa des, gläb ich, was sa vo uns drom im Himmel erwarten.
Net ner bloß, dass mir aufm Sofa liegen, fernsehn

und gammeln –
nein, mir solln doch auf Erden Schätze fürn Himmel sammeln,
nämlich aa, wenn mir ke Hend mehr hamm und ke Bee.
Mit leera Hend, lieber Gott, söllert mer einst doch net vor dir steh.

Ausgerechngt heut fühl ich mich net

Lieber Gott, also, ich wäß net, irgend äwas stimmt net mit mir.
Scho gestern Abend hammsa mir net gschmeckt, mei fümf Bier,
und grad heut Nacht hab ich fei sehr unruhig gschlaffm.
Getreemt hab ich wilds Zeug vom Urwald, vo Tiger und vo Affm.
Und jetzt früh: Soll ich aufsteh, oder soll ich liechgeblei?
Mei Kopf brummt, und mei Knochng sinn wie Blei.
Vielleicht hammer Föhn? Aber mir sinn doch net im Gebirch!
Heut iss Sonntag, aber, lieber Gott, *so* krank kann ich doch net nei die Kirch.
Aa beim Frühschoppm, lieber Gott, will ich's heut net übertreib,
und ich will net wieder – ich versprech dir's –
bis eensa hockng gebleib.

Antibiotika

Lieber Gott, heut simmer so gscheit! Früher warn mir so dumm!
Wickel und Fußbäder sinn ›out‹, heut hammer des Antibiotikum.
Damit rückng mir dena Freckers-Bakterien zu Leib.
Kenner vo dena Hallodri söll am Läbm gebleib.
Mir bekämpfm sa mit Sulfonamiden und mit Penicillin.
Auf die Art und Weis, lieber Gott, wern die allasamt hin.
Und aa die Virüss oder die Viren oder wie die Freckerli hässn,
die wern aa alla vo unner moderna Medikamente aufgfressn.
Mer sicht sa ja net ämal, die Erregerli, die klenna.
Ner bloß untern Mikroskop kann mer die deutlich erkenna.
Da sicht mer, die hamm ja sogar Schwänzli, Köpf und Haar auf der Stirn.
Die wern mer doch net ämend aa zu deiner Schöpfung ghörn?
Hast du, Herr, die klenna Lebewesen, die Luder ämend aa gemacht?
Verzeih, dass mir sa totmachng. Du hast dir bestimmt was derbei gedacht.
Zu dein Plan ghörn doch alla Tierli, die durch das Erdenrund streifen.
Entschuldige und danke schön, lieber Gott, dass mir net alles begreifen.

Noch gsund

»Für dei Alter bist du fei noch ganz schö fit«, hat mich der Kerl gelobt.
O Herr, äußerlich hab ich gelächelt, aber innerlich hab ich getobt.
Der denkt wohl, er könnert sich bei mir eischmeichel, der alte Schlack?
Deraweil denkt er: ›Der iss doch aa scho hinfällig und krank, der alte Krack.‹
Ich wäß doch aa, lieber Gott, in waffern Jahr dass ich auf die Welt kumma bin,
aber ich wäß aa, dass ich heut erscht Rad gfahrn und aa gschwumma bin.
Also, ich dank dir, lieber Gott, ich bin noch einigermaßen auf der Höh.
Natürlich, aa mir tut ab und zu und hier und da ämal äwas weh.
Aber ich kann noch klar denk, obst's glaubst oder nicht.
Es Wasser kann ich aa noch halt; ich bin also obm und untn noch dicht.
Danke aa, dass ich die Leut noch wäß und die Gsichter noch erkenn,
und wenn ich mitera red, dass ich noch die richticha Nama nenn,
dass ich noch wäß, wo ich wohn, und was ich vom Beruf ämal war.
Danke, dass ich sogar noch ä wengla Verkehr hab und mit mein Autola fahr.
Aber eens, Herr, dafür will ich dir ganz besonders Danke sag:
nämlich dass ich in mein Alter heut noch zwä bis drei Schoppm vertrag,
dass ich noch Bratwürscht mag und ä Fläschla Bier

und dass, wenn ich ä Fraa seh, ich mich schnell
noch frisier,
aa mein Blutdruck noch spür
und denk: ›Du sollerst dich vielleicht ä bissla rasier.‹

Ä schlechter Witz

Lieber Gott, ich hab än ganz schlechtn Witz erzählt.
Wäßt scho: den, wo eener im Klo hockt und sei
Brilln fehlt …
na den vo den Moo mit Hochdruck aufm
Bahnhofsklo!
Aber du bist ja allwissend; also, den Witz kennst du
ja scho.
Wenn ich dran gedacht hätt, dass du zuhörst, hätt ich
na net genuma.
Ich wollt halt, dass die taaba Leut ä weng zum
Lachng kumma.
Ich schäm mich ja, und ich bereu's, Herr, ganz echt
Aber, geb's zu, lieber Gott: Der Witz iss gar net so
schlecht.
Die Leut hamm wunner gedacht, was für ä Sauerei
des wird,
und dann hamm sa gegrinst und hamm sich vor sich
selber scheniert.
Die Leut hamm sich richtig gfreut, wie sa gelacht
hamm,
Dass der Witz gar net so schlimm worn iss, wie sa
gedacht hamm.

Also gut, in Zukunft erzähl ich bloß noch Witze ganz
brav.
Ich wett, es Publikum kämpft dann bestimmt mitn
Schlaf
Aber dir zulieb, Herr, ner bloß noch keusch – ab jetzt
immer!

Den Witz mit dem Bahnhofsklo, den erzähl ich jetzt
nimmer.
Aber ämal ganz ehrlich, Herr, unter uns gsacht:
Du hast, drom im Himmel, doch bestimmt aa da
drüber gelacht.

Jetzt versprech ich's: Ich fall nix mehr aus dem
Rahmen.
Ich wäß net, ob ich's schaff, aber ich probier's halt,
Herr. Amen

Feldfrüchte, rein biologisch

Lieber Gott, du lässt aufm Acker die Früchte gedeihn.
Du schickst uns die Sonn, du lässt's rechng und
schnein.
Ä gscheiter Bauer wäß des scho immer zu schätzn.
Er mecht sei Ärbet, ruhig und ohne zu hetzn.
Drauß auf sein Acker, die Saat, sie geht auf.
Mist iss drin, die Sonn scheint, und es rechert drauf.
Vor chemischa Neuzüchtunga, da hat er Schiss.
Vo genmanipulierta Kartöffel, da will er nix wiss.
Gift und Kunstdünger will er heuer net verwend.
Er rupft die Windn, du lieber Gott, noch mit die
blanka Hend!
Er lässt nei sei Felder sogar Wildsau und Dachs.
Ja, er lässt sogar ämal ä ›böses Unkräutla‹ wachs.
Er ärbet biologisch-ökologisch, er iss ke sturer Büffel.
Er iss der gscheitste Bauer –
er hat die klennsta Kartöffl.

Ich hab in der Kirch äwas geklaut

Heilige Maria, ich hab *dir* in der Kirch äwas geklaut.
Ich wäß, ich wäß, du bist da net sehr erbaut.
Aber lass dir's erklär, und des iss net gelochng:
Der Strom war abgschaltn – nä, nä, die Sicherung war net nausgflochng.
Es war Sonntag, ke Kerzn im Haus, und es wird langsam Nacht;
am Sonntag hat natürlich aa ke Gschäft aufgemacht.
Da hab ich mich erinnert: Kerzn gibt's nur, des iss klar,
bei dir, Mutter Gottes, in der Kirch, am Marienaltar.
Mei Fraa hat gschent: »Du kannst doch in der Kirch nix stibitzn!«
Aber ehrlich, Heilige Maria, willst du, dass mir am Sonntag im Dunkeln sitzn?
Also, ich hab aa wirklich mei Geld nei dein Kästla neigschmissn,
und ich hab mir genau zehn Teelichtli untern Nagel gerissn.
Jetzt hamm mer Licht ghabt im Haus – auf dich iss halt Verlass.
Und – ich hab's ja bezahlt, ich hab's ja sogar aufgeh lass.
Wenn ich des beicht, secht dei Sohn im Himmel wahrscheints aa da drauf:
»Des brauchsta doch net zu beichtn«, und er secht bestimmt: »Des geht auf.«

Technik

Lieber Gott, ich bin dumm. Was mach ich denn nur?
Jetzt hab ich scho wieder am Stecker gezochng statt an der Schnur.
Mei Fraa hat mir's doch scho so oft gepredigt:
»Mer zieht die Schnur raus, wenn mer kenn Strom mehr benötigt.«
Und ich hab immer gedacht, des Geriffel am Stecker iss dran,
damit mer na anschließend bequem wieder rausziehen kann.
So kann mer sich täusch. Was machert mer ohne Frauen im Haus?
Technisch sinn die uns Männer meilenweit voraus.
Aber wie ä Schüler bin ich aa als Ehemann sehr gelehrig,
Ich kann staubsaug und abstaub, und mei Straß, die kehr ich.
Bloß bei een Punkt hab ich nu net durchgeblickt:
Warum mei Fraa die Zahnpastatubm *vorndran* zammdrückt.
Wäßt was, lieber Gott, ich lass sa drück, des iss doch klar.
Ohne viel Worte drück ich die Krem nachher heimlich wieder vor.
Lieber Gott, lass die Frauen so, wie sa sinn,
ihr technischa Überlegenheit, die nehma mir hin.
Und wenn du mich frecherst: »Willsta denn ä annera für ein paar Tage?«
Herr, dann tät ich dir ganz laut antworten: »Nein! Ich widersage.«

Die Gedanken sind frei

Lieber Gott, bin ich froh: Mer kann mei Gedankng net les.
Lieber Gott, bin ich froh, dass des kenner wäß.
Wenn die Leut wissertn, was ich denk, des wär mir fei unangenehm.
Lieber Gott, du wäßts als eenzicher, ich müssert mich ja schäm,
Dass ich ä Fraa angeguckt hab und hab gedacht: ›Des wär halt ä Fraa!‹,
und dass ich scho bei der nächstn gedacht hab: ›Na ja, die gingert aa!‹,
und dass ich bei wieder ä annara, die wo ä weng dick war,
gedacht hab: ›O weh, so ä Bäsn!‹, weil sa halt net ganz so schick war.
Aber grad *die Dick*, wie ich eens gebraucht hab in meiner Not,
grad *die*, die iss mir beigstanna und hat mir gholfm, lieber Gott.
Ob Frauen aa so denkng, lieber Gott, wenn sa än Moo sehn?
Ob sa aa denkng, dass sa mit *dem da* erscht richtig froh wärn?

Also, mein Gott, ich dank dir, dass mer net sicht, was ich denk.
Mach weiter so, lieber Gott, lass uns denk, aber du – lenk!
Und es Besta iss wahrscheints, dass *ich* net wäß, was die Damen
von *mir* alles denkng – ich will's gar net wiss, lieber Gott. Amen.

Zölibazi
Ä Zukunftsromänchen – Gott sei Dank, bloß ä Märchen

Gottvater und der Heilige Josef höckng beiänanner und guckng sich vom Himmel aus die Welt an.

Der Herrgott strahlt: »Guck doch ämal mei katholischa Pfarrer an, besonders die junga. Sinn des net feina Kerl, wie geleckt und wie die mit die Leut umgehn?«

Der Heilige Josef wiegt sein weißes Haupt und gibt zu bedenkng: »Ich seh net allzu viel junga, aber die, die wu ich seh, o weh! Siehst du aa die Schwächng, Herr, die wu mancha hamm? Wie sa sich mit die Kirchengesetze rumplachng, die wo sa in Rom gemacht hamm?«

»Ach, du meenst den Zölibat, Josef?«

»Na freilich! Ich wäß doch, wie des iss. Ich hab mit meiner Braut sogar zammgelebt und hab trotzdem damals mei Zölibat müss halt. Des war fei net so eefach. Es hat noch ke Fernsehn gäbm.«

»Ja, ja«, lacht der Herrgott, »du kennst dich aus, Josef. Aber jetzt lass uns doch noch ä weng die vier ganz bestimmta Pfarrer da beobacht. Ich gläb nämlich, beim Zölibat gibt's jetzt bal was Neus, ä Überraschung aus Rom.«

Der Pfarrer Alfons zum Beispiel, des iss ä braver fünfäsechzigjähriger Pfarrer mit seiner Köcha, aa so zirka fümfäsechzig rum. Seit dreißig Jahr iss sa bei na. Hat er eigentlich aa scho ämal Gelüstn ghabt nach era? Ja, was fällt denn euch ei? Der doch net! Der iss doch ä Pfarrer! Nein! Meent ihr vielleicht, der will nei die Höll kumm mitsamst seiner Köcha? Er hat doch sei Fernsehn. Des muss lang.

Früher, ja früher, da hat er scho manchmal mit sich gerunga, gecher sei Gelüstn kämpf müss, aber jetzt sinn die Schlachtn gschlachng. Ä Schöppla und ä paar Erdnüssli, und dann neis Bett – nei seins natürlich.

Der Berthold zum Beispiel, des iss aa ä Pfarrer, Mittelalter, aber er sieht aus wie ä wengla jünger. Es gfällt na, dass er die Leut gfällt, und er zieht sein Bauch ei, wenn er durchs Städtla geht. Was er eigentlich gar net wiss derfert, aber alla wissen's, dass er's wäß, des iss des: Die Weiber laffm na nach. Net die Frauen, nein, die Weiber. Sie sinn verrückt nach na. Mancha gehen ner bloß wecher ihn nei die Kirch, schminkng sich und drehn na Aachng hi. Net dass jetzt eener denkt, des gfallert na, aber derhemm im Pfarrhaus guckt er nein Spiegel und probt, wie er ausgsehn hat, wenn er lächelt. Neulich hat sich so ä ganz verrückta sogar nachts im Pfarrhaus versteckIt und hat sich neischließ lass und iss na dann, bloß halber angezochng, nähergetänzlt. Da hat er ihrn Kopf nei sei zwä nackerta Hend genumma und hat era nei ihrn nackertn Ohr gflüstert: »Mädla, des geht doch net, ich bin doch ä Pfarrer.«

Wie sie allerdings nacher aa ihr Hend genumma hat, hat er sa, aber bloß ganz kurz, ganz empört gewähr lass, dann hat er sa noch ämal heftig umarmt und hemmgschickt. Er wollt sichs wecher dera eena doch net mit die Haufm annera verderb. Alla, aber aa alla wolln sa na, vor allem deswecher, weil sa na net kriech könna.

Der Conrad zum Beispiel iss noch gar kee richtiger Pfarrer, aber er iss fei scho bereits Kaplan. Also geweiht iss er scho ämal, und er soll Pfarrer wer'. Wie er den Zölibat versprochng hat, war er ä wengla voreilig. Er hat gewisst: Adonis iss er kenner, rota Haar hat er, und messn tut er ner bloß einsachtäfuchzich. Einsam iss er net gern, aber ob er jemals ä Fraa ...? Weil er sei Läbm aber scho immer ä weng nachng Evangelium ausgericht hat, deswechng hat er den Entschluss gfasst: Na ja, na wer ich halt Pfarrer.

Er iss zwar sehr gläubig, aber mer glaubt's net, läfft na doch eines Tages ä junga Fraa übern Weg. Sie lächelt hi, er lächelt her. Sie träumt vo ihm, er träumt vo ihr. Sie möchng sich immer häufiger, und auf eemal, bautsch!, wie sa wieder ämal beim Möchng sinn, entdeckt er, dass er neber die platonische aa noch eine körperliche Potenz entwickel kann. Er lässt der Natur freien Lauf, und wie des Klee unterwegs iss, iss er zum Bischof zum Beichtn. Der Bischof mecht ä langs Gsicht, aber er muss na suspendier, weil er bei seiner Familie bleib will. Ganz offen, vor der ganzn Gemeinde, des geht natürlich net. Jetzt iss er laisiert.

Und nacher gibt's noch een, än ganz annern, nämlich den Pfarrer Rüdiger zum Beispiel. Bei dem braucht mer ke Angst zu hamm, dass er heier will oder sötta Krömpf.

Net ämal ee Aach hat der jemals bei die Weiblichkeit riskiert. Er kann dena Frauen mit Leichtigkeit widersteh, und dena Weiber sowieso. Nein, er braucht kenna, er hat ja sein Organist. Der Organist kennt sich net ner bloß mit Orgeln aus – nein, er kennt aa die Schlechtigkeit in dera Welt, und auch er will vo die Damen lieber nix wiss.

Mancha Frauen sachng, es wär net normal, dass so ä schöner Pfarrer wie der Rüdiger so streng nachng Zölibat lebt. Aber, Gott sei Dank, er hat ja noch sein Freund, den Organist. Der wohnt zufällig gleich nebern Pfarrhaus, da könna sa änanner und mitänanner ihr Leid klag, dass sa mit Frauen leider nix am Hut hamm. Warum, könna sa aa net versteh.

»Sichst«, secht Gottvater, »jeder iss ä weng annersch. So hab ich die Menschn gewollt. Jeder hat sein freia Willn und sei Neichunga, und jeder iss ein Indi-vidu...du... du wäßt scho, in Lateinisch bin ich net so gut«, secht der Herr.

»Ja, scho«, raunzt der Heilige Josef, »aber sie müssn

doch ihrn freia Willn unter Kontrolle halt. Es kann doch net ä jeder mach, was es will.«

»Es kann scho ä jeder mach, was er will, Josef, aber er muss es halt dann aa verantwort. Aber pass auf, jetzt kummt die Freiheit für die Pfarrer. Vo Rom iss ä Brief kumma.«

Die fromme, kirchliche Welt dreht sich langsam und gemütlich um ihr eichena Achsn. Allerdings mit immer weniger Publikum, es knarzt im Getrieb. Und aa die Aktivm, also die Geistlichkeit, wern immer weniger. Der Kaplan zum Beispiel ist reamateurisiert, und bloß die annera drei bleibm Pfarrer.

Da passiert eine Sensation. Alla vier geistlicha Herrn haut's fast vom Stuhl, wie sa eines Tages beim Frühstück än Rundbrief kriechng vom Bischof. Der teilt seiner Pfarrer einen päpstlichen Erlass mit.

Ab sofort gilt folgender Beschluss: Alle Geistlichen müssen heiraten, *müssen*! Kenner derf ledich gebleib! Es gibt keine Ausnahmen! Der Papst hat von die andauernde Nörglerei wecher den Zölibat die Nasn gstrichng voll, und er dreht jetzt den Spieß rum. Ner bloß noch Verheirta derfm Pfarrer sei! Basta! Aus! Amen! Er selber allerdings iss zu alt, der Papst, er braucht als eenzicher nix mehr zu heiern, hat er beschlossn.

Zurück zu unnera vier Pfarrer.

Der Pfarrer Alfons zum Beispiel nimmt sei Brilln, liest die päpstliche Bulle und seufzt. Er guckt sei Köcha vo untn bis obm nauf an: ä stramma ältera Dame, jetzt sicht er zum erschten Mal ihr Figur, zwei Kilo Herz, gut übern Winter kumma. Aber sie schent scho jetzt als Köcha manchmal mit na. Soll er, oder soll er net? Bis jetzt kann er zu die Vereine geh, wenn er will, er kann hemmkumm, wenn er will, er käfft ä Auto, des wu er will, er käfft sei Hosn selber, sei Unterhosn aa, und wenn sei Köcha ihr Kläder käfft, muss er net derbei steh, und er guckt im Fernsehn und im Internet die Sachng, die wu er will, aa die sportlicha fei. Soll er wecher dena paar Küssli? Dann geht er halt in Gotts Nama ä weng eher nein Ruhestand. Nein! Auf kenn Fall will er heier, er wird zwangslaisiert. Eener weniger vo die Pfarrer.

Der Pfarrer Berthold zum Beispiel freut sich. Er hat wecher dena viela Frauen, die wu na umschwärma, noch nie ä Köcha ghabt, und jetzt kriegt er ä eichena Fraa. Hurra! Ä richtiga Fraa! Aber komisch, seit sich rumgsprochng hat, dass die Pfarrer heier müssn, lässt der Andrang spürbar nach; jetzt isses ja nix Besonders mehr. Er sucht aus dem restlichng Verehrerinnen-Katalog die Schönst raus und heiert sa. Die hat sich nur noch schnell vo ihrn Verlobtn müss trenn. Aber, wenn kriegt mer scho ämal än richtichng Pfarrer zum rumkommandiern!

Nach drei Monat aber scho höckt der Pfarrer Berthold in der Kirch und hadert mit sein Herrgott: »Warum hast du mich net gewarnt, hast mich nei mein Unglück lass renn?« Es iss nämlich so: Der Pfarrer Berthold secht ner bloß noch »Gut Morchng« und »Gut Nacht«, alles annera secht sie. Sie schreibt aa die Predigt vor, obwohl *er* doch der Pfarrer im Haus iss und bleibt, oder?

Der Kaplan Conrad zum Beispiel hat gewunna. Sei Fraa blüht auf, und nach der Hochzeit iss scho es nächsta Kind unterwegs. Kinner sinn ein großer Segen, aber kosten Zeit und Kraft. Er liest seiner Fraa jeden Wunsch vo die Aachng ab, vo früh bis spät. Bloß noch bei der Kolpingsfamilie iss er Präses. Zum Frauenbund lässt na sei Fraa net, weil da junga Dinger derbei sinn. Er hat aa gar ke Zeit mehr, aa für die Ministrantn net; die muss der Oberministrant anlern.

Der Bischof – er muss fei jetzt selber aa heier, ob er will oder net –, also der Bischof hat die Stirn gerunzelt, weil der Conrad scho vor dem päpstlichen Erlaß mit die Frauen … Aber er drückt sei oberhirtliches Aach zu. Der ehemalige Kaplan iss wieder im Gschäft, er iss in Gnaden aufgenumma worn. »Jetzt hammer wieder än junga Pfarrer mehr.« Er hat neber sich zahlreiche Wortgottesdienstleiter; er kann ja, weiß Gott, net alles selber mach, er hat ja noch sei Familie, und Herzinfarkt soll er ja aa kenn krieg.

Dann hammer ja noch den Pfarrer Rüdiger zum Beispiel. Des war fei eigentlich ä guter Pfarrer. Sei Predigten warn super, aber er muss leider aa zwangslaisiert wer'. *Der* soll heier? Niemals! Wu bleibertn denn da die gemütlicha Stunden mit sein Organist? Und den kann er doch, wäß Gott, net heiern, in Bayern. In Bayern heiern? Er wissert ja net ämal, wie des geht. Er wird laisiert. Na ja, na wird er halt Modedesigner; des hat er eigentlich als Kind scho immer wer' woll. Leider wieder ä Pfarrer weniger.

»Sötta dumma Kerl«, schent Gottvater drom im Himmel, »jetzt hamm sa sogar zwä Pfarrer weniger. Sie hamm ee Kirchengebot aufghobm, es war höchsta Zeit, und hamm daderfür scho wieder ä annersch, ä noch dümmers eigführt.«

»Ja, was wolln sa denn mach?«, jammert der Heilige Josef. »Irgend ä Richtlinie muss doch da sei, oder?«

»Nä, Josef, es gibt aa Sachng, die jeder ä weng annersch sieht, die aa jeder ä weng annersch mach könn muss und mit dena jeder ä weng annersch umgeht. Die Verantwortung bleibt dena Pfarrern sowieso net erspart. Des iss doch ganz eefach: Ich hab era die zehn Gebote gääm und ihrn freien Willn. Des muss doch lang.«

»Aber sie müssertn sich doch jetzt alla frä, dass sa heier müssn!«

»Nä, so was befiehlt mer net. Wer ner des wieder festgelegt hat vo Rom? Den wenn ich erwisch beim jüngsten Gericht, dem gäb ich!«

Modische Kleidung

Lieber Gott, hörst du, wie ein Ehemann zu dir fleht?
Lieber Gott, des, was du jetzt hier hörst, des iss ä Stoßgebet.
Mei Fraa, lieber Gott, hat Kläder ausgsucht – Stunden.
Ich war näbmdran gstanden, aber sie hat nix gfunden.
Ich hab era ins Gewissn geredt: »Fraa, mir sinn doch aus dem Alter draus.
Mir ziehn uns warm an und praktisch und waschbar – halt so fürs Haus.
Gfällt dir des wirklich«, frag ich sa, »gstreift, gepünktelt und mit Biesen?
Mir sinn doch in unnern Alter auf so was nix mehr angewiesen.«
Da häst du sa, lieber Gott, hör soll! Sie hat gschriea, ob ich bescheuert sei!
Und sie wöllert von jetzt an nix mehr länger mit mir verheiert sei.
Ich hab sa beruhigt: »Mir sinn doch, Fraa, mir sinn doch ke modischa Geckng.
Mir müssn doch mit Ausschnitt und Miniröckli ke Gelüstn mehr weckng.«
Da läfft auf eemal, o Herr, die Vroni vorbei und kummt nei unnern Blick.
Sie hat ä gepünktelta Blusn an und ä Miniröckla.
O Gott, du, die iss fei schick!
Ob ich will oder net, ich guck era nach, ich bin halt aa bloß ä Moo.
Es geht doch nix, lieber Gott, über ä sexy angezochena *fremda* Fraa.

Vergesslich

Lieber Gott, da hat mich eener im Fernsehn auf ä Idee gebracht.
Des wird sofort aufgschriebm, hab ich mir gsacht.
Dann hab ich mir bloß noch än klenna Schoppm eingschenkt,
und des hat mich scheints derartig abgelenkt …
Obst's gläbst oder net, lieber Gott: Die Idee, die war fort.
Ich überleg, ich zermarter mei Hirn – wie häßt jetzt des Wort?
Es muss doch noch da sei, mir liegt's auf der Zunga.
Mensch, grad hab ich's doch noch gewisst! Es iss mer entsprunga.
Än ganzn Abend grübel ich, und ich kumm nix mehr drauf.
Es war doch ganz was Logisches … Kast vergess, ich geb's auf.

Mer wird halt alt, lieber Gott. Die eefachsta Sachng sinn plötzlich verschwunden. Iss des net zum Lachng?
›Black-out‹ sachng sa, gläb ich, heut zu so ä Gedächtnislücke.
Ich such immer noch än Hinweis in mein Hirn, nach einer Eselsbrücke.
Dann stell ich fest – und des schlägt mich ziemlich nieder:
Diese Klasse-Idee iss vergessn, die kummt niemals wieder.

Aber danke für dein Trost, Herr, für die Idee, die du mir schickst unterdessen.
Du hast Recht: Schulkinner sinn jünger, aber die hamm aa scho viel vergessn.

Kirchenheizung

In Sailershausen schürn sa,
in Haßfurt friernsa.
Herr, du bist mer doch sicher im Winter net bös,
Wenn ich *da* nei die Kirch geh, wo sa mir's wärma, mei Gsäß,
Aber ich wäß, Herr, dir geht's mehr um Köpf und Gedankng.
Dir iss es egal, ob sa am Hinterteil friern, dei Frankng.

Früher hamm mir uns net so zimperlich angstellt,
Da sinn mir als Kinner nei die Rorate bei Eiseskält.
Du hast ja vorgsorgt und hast uns die Schafe gschickt,
und die Oma hat uns wollena Strümpf draus gstrickt.
Mir hamm sa zwar dann anzieh müss; des hat gejuckt hintn und vorn.
Vor lauter Kratzn hamm mir aber dann aa nix mehr so gfrorn.
Heut schürn sa. Aber trotzdem: Nix mehr so viel Leut sinn fromm.
Da könnert mer doch glatt auf den Gedankng komm,
dass der Kontakt zu dir, Herr, keine Spur
äwas zu tun hat mit der jeweiligen Temperatur.

Mer riecht's

Lieber Gott, ich hab vergessn, aufm Kalender zu schaun.
Mir Männer sinn da net so neugierig wie die Fraun.
Aber heut in der Kirch iss mir's nei mein Näsla gekrochng:

Es hat von die Frauen her nach Mottenkugeln gerochng.
Des häßt für mich, sie hamm aus ihrer Kleiderschränk
ihr Wintermäntel rausgholt, und jetzt hockng sa damit in der Benk.
Ich brauch kenn Kalender mehr, lieber Gott, des iss wunderbar!
Alle Kirchgänger riechng's, und es iss ihnen jetzt klar:
Wennst du die Wintermäntel sichst, und du kannst sa geriech,
dann musst du dich vo jetzt an wärmer angeziech.
Mottenkugeln bei die Heilicha Messn und aa bei die Andachtn –
mer riechts ganz deutlich, lieber Gott: Es geht auf Weihnachtn.

Guten Morchng

Gut Morchng, lieber Gott. Ich gläb, ich bin krank.
Mei Kopf tut zwar net arg weh, Gott sei Dank,
aber mei Lunga brennt, mei Blutdruck steigt,
mei Leber zittert, mei Gsicht erbleicht,
mei Stirn iss häß, mei Füß sinn kalt –
na ja, lieber Gott, mer wird halt alt.
Drum wäß ich aa, des sinn alles ke schlechta Zeichng.
Ich will jetzt, Herr, aus mein Bett raussteichng.

Erscht wenn ich ämal aufwachert und nix mehr spür,
dann, Herr, dann wär ä Ruh, dann wär ich bei dir.
Dann bräuchert ich nie mehr so bal aufzustehn,
müssert mich net rasier und die blöda frischa Kläder anziehn.

Dann müssert ich schö brav liech geblei in mein Bett,
dann kumm ich gern zu dir, lieber Gott, aber es pressiert mer fei net.

Gut Nacht

Müde bin ich, geh zur Ruh
und schließ mei zwä Aachng zu.
Der Krimi war nix, der Kommissar – viel zu blass.
Und den Heimatfilm anschließend, den kannst vergass.
Jetzt liech ich da, und der Schlaf will net kumm
Nach rechts und nach links dreh ich mich rum.
Hab ich an den Tag irgend äwas Schlimmes vollbracht?
Hab ich ämend äwas, was ich mach hätt soll, net gemacht?
Vielleicht liecht's aa ner bloß am Ruhekissn?
Oder liecht's gar an mein schlechtn Gewissn?
Was mach ich denn jetzt mit dera angfangena Nacht?
Soll ich im Fernseh gar noch ä paar nackerta Mädli betracht?
Und wie ich noch überleg, auf waffern Sender die kumma,
packt mich dann doch noch ein gewaltiger Schlummer.
Dank schön, lieber Gott, jetzt bin ich ganz brav.
Es stimmt fei: »Den Seinen nimmt's der Herr im Schlaf.«

Freilich aa ernsthafta Überlegunga

Zur Buß betsta …

Lieber Gott, was iss des eigentlich: Buße tun, also büßen?
Du bist doch allwissend, du müsserst des doch wissen.
Bei der Beicht hat's früher ghässn: »Zur Buß bets än Rosenkranz, sei brav!«
Aber, war des in dein Sinn, dass ä Gebet ä Buß iss?
Des iss doch ä Straf!

Des alles stammt, Gott sei Dank, aus längst vergangener, früherer Zeit.
Heut betn mir doch locker zu dir, lieber Gott, voller Lust und Freud.
Heut wiss mer, du bist ein unendlich großer und barmherziger Gott.
Du kennst dei Pappenheimer, wie sa schwach sinn, in ihrer Not.
Pfarrer sachng heut bei der Beicht: »Geh hemm und geb deiner Fraa än Kuss!«
Des gfällt mir, aber – des iss doch eigentlich aa ke richtiga Buß …

Wo bist du?

Lieber Gott, viela glääm, du bist ner bloß in der Kirch, drum gehen sa nei.
Aber du bist doch eigentlich allgegenwärtig, praktisch immer derbei.
Sogar die Pfarrer sachng's, und ich gläb's aa: Du bist überall,

in jedem Palast sogar, in jeder Villa und in jedem Stall.
Im Parlament, in jeder Familie, du bist sogar derbei bei Verbrechng.
Im Krieg und im Friedn, mer muss immer mit dir rechng.
Du steuerst alles, als Lenker wo dich kee Mensch erkennt.
Du bist da, du greifst ein, du bist, wie mer so secht, immer präsent.
Mal hilfst du, mal hilfst du net, was kenner versteh kann.
Du lässt än Gsundn sterb und mechst, dass ä Kranker wieder geh kann.
Du bist überall – aber wenn ich mit dir red, hab ich dich ganz für mich ällee.
Mit dir kann ich unter vier Aachng alles besprech, und des find ich schö.

Wenn mer's wissertn ...

Lieber Gott, scho wieder ä Beerdigung! Wohin soll denn des führn?
Scho wieder eener mehr vo dena, die wo immer weniger wern.
Und was kummt dann? Und was kummt dann da drauf?
Du hast fei versprochng, lieber Gott, du passt auf uns auf.
Noch ke Mensch hat uns je vo drübm ä Nachricht gebracht.
Noch ke Mensch hat uns gsacht, ob's dort drübm Tag iss oder Nacht.
Aber ich gläb fest, dass mir uns friedlich alla wieder finna.

Es wird vielleicht schöner, als wie mir uns des vorstell könna.
Vielleicht kummt der Dings, du wäßt scho, aa nein Himmel sogar,
Obwohl er doch auf Erden ein großer Schlawiner war.
Ich gläb, die Leut wern erscht dann die Aachng richtig aufmachng,
Wenn sa nach ihrn Tod dann endlich *wirklich* richtig aufwachng.
Gott sei Dank: Wiss tu mer nix – des wär ja aa viel zu bequem.
Nämlich, wenn mer's wissertn, dann bräuchertn mir's ja nix mehr zu glääm.

Wie beim Zahnarzt

Oh du lieber Gott! Er iss gstorbm, der Herbert!
Umgfalln iss er, plötzlich, mitten in der Ärbert.
Ich hab Angst, dass mir des aa ämal passiert,
ich hab Angst, dass des weh tut, dass mer da viel spürt.
Vielleicht iss es aber aa wie beim Zahnarzt, des könnert sogar stimm:
Je mehr dass mer Angst ghabt hat, desto weniger war's dann schlimm.

Gemmer zu dir, oder gemmer zu mir?

Mei Läbm lang, Herr, bist du zu mir kumma,
hast mich als Kind an der Hend genumma.
Wenn ich ämal krank worn bin über Nacht,
bist *du* kumma und hast mich wieder gsund gemacht.
Wenn in der Ehe bei uns ämal ›der Schlot geraucht‹ hat,
du bist immer kumma, wenn ich dich gebraucht hab.
Du hast, Gott sei Dank, wie die Leut oft sachng im Spaß,
bis heut ›die Bäum net nein Himmel wachs lass‹.
Und hast du ämal ke Zeit ghabt, wenn mich was bedrückt,
dann hast du mir, Gott sei Dank, ä Schutzengela gschickt.
Du hast mir viel gääm, und dafür dank ich dir auch –
net immer des, was ich wollt, aber immer des, was ich brauch.
Eigentlich bist du gar net kumma, zu mir schwachng Moo,
Ich hab dich *so* oft gebraucht, du warst praktisch immer da.
Aber wenn ich ämal alt und krank bin, und es gfällt mer nix mehr hier,
Dann brauchst du nix mehr zu mir, lieber Gott, dann gemmer zu dir.

Ke Zeit mehr

Es iss unerwartet äwas derzwischn kumma.
Derbei hamm sa sich noch so viel vorgenumma:

Der alt Apfelbaam ghöret endlich raus,
ä neua Mauer muss na die Veranda vorn Haus,
die zwä Zaunpfostn ghöretn gradgericht, die
krumma,
es iss aber, dummerweis, äwas derzwischn kumma.

Seiner Fraa wollt er endlich ämal vo seiner Kindheit
erzähl,
vo seiner Angst hat er red woll, statt sa mit
Schweigen quäl,
dass er sa … Ach, er hätt sa so gern richtig nein Arm
genumma,
aber es iss leider, kurz vorher, äwas derzwischn
kumma.

Er hat gedacht, aa wenn er net red, durch sei Tatn
müssert sa doch wirklich aa sei große Liebe erratn,
und sie müssert na doch verzeih, sei Fehler, sei
dumma,
aber es iss leider, viel zu bald, äwas derzwischn
kumma.

Auch sein Herrgott wollt er mitteil, dass er na scho
immer mag.
Na ja, gut iss, dem Herrn kann mer's aa ohne großa
Reden sag.
Er wollt noch so viel … Aber, es iss äwas derzwischn
kumma,
er hat vom Menschenläbm auf Erden ganz plötzlich
Abschied genumma.

Allerseelen

Es war fei scho ä args Unglück: die Eva, grad sechzehn Jahr, und scho so schwer krank. Unheilbar, sachng die Doktern, unheilbar krank. Die ganz Familie trauert, und bloß wenn sa der Eva gegenüberstehn, lächeln sa, aber die Eva spürt's, dass des net echt iss. Sie muss sich scho sehr oft aufs Sofa leg, und die Mutter heult heimlich und find ohne Medizin keinen Schlaf mehr.

Die Eva trägt's eigentlich ganz ruhig. Sie wäß, dass es nix mehr besser wird, aber sie nimmt sich vor, dass sa ganz tapfer sei will. Und die Leut? Die Leut vom Dorf? Was sachng denn die? »Na ja«, sachng die Leut, »die Mutter tut uns scho leid mit so än krankng Kind, aber sie hat ja noch zwä gsunda Kinner. Und außerdem, die Eva war ja sowieso ä weng hintendraa, sie war ja ner bloß auf der Sonderschul«, sachng sa. »Gut, dass die annern zwä, die gscheitn, gsund und munter sinn.«

Die Mutter bet ganz fest: »Herrgott, helf doch mein Mädla! Nämm doch bitte die bösa Krankheit weg! Sie hat doch des ganza Läbm noch vor sich. Herrgott, helf, mach mei Mädla wieder gsund!«

Die Mutter hat viel Ärbet. Net ner bloß des kranka Mädla, aa noch die alt Oma iss zu versorchng. Ja, so iss es Läbm: Die Oma iss fast neunzig und ner bloß ä weng verwirrt, aber sonst noch gsund. Und die klee Eva? Todkrank. Mer derf gar net dran denk.

Die Mutter bet immerzu weiter, aa bei der Ärbet: »Herrgott, helf! So jung derf mer doch nu net so krank sei! Des iss doch ä himmelschreiende Ungerechtigkeit!«

Die Eva frecht: »Was meenstn denn du mit ›ä Ungerechtigkeit‹?«

Die Mutter setzt sich auf än Stuhl und lässt die Arm häng: »Na ja, da gibt's Leut, die gehen schon bal auf die Hunnert und könna net sterb, und annera, junga, im blühendem Läbm, müssn fort, ganz eefach fort aus dera Welt. Iss des gerecht?«

»Also«, secht des Kind, die Eva, »wenn alla Leut im gleichng Alter sterbertn, sach mer ämal, genau mit siebzig Jahr, des wär meiner Ansicht nach ungerecht. Dann könnertn sich doch die Leut genau drauf eiricht, die Hallodri könnertn ä Lumpäläbm führ bis kurz vor siebzig, und vor allem die Reicha hätten doch Vorteile. Besser und gerechter isses doch, dass kenner wäß, wenn er drankummt.«

Die Mutter iss ganz verzweifelt: »Aber, Kind, merkst denn du nix? Merkst du denn net, wie krank dass du bist? Herrgott, kann mer denn die Krankheit net heil? Schick doch bitte dena Ärzte ä rettende Idee oder ä neua Medizin. Bitte, bitte!«

»Aber, Mama«, secht die Eva, »an irgendäwas muss doch jeder Mensch sterb. Die Leut sachng immer, der Herrgott lässt ä Unrecht zu, wenn bei ä Naturkatastrophe Tausende vo Menschen sterbm, oder er lässt ä Unrecht zu, wenn bei än Verkehrsunfall ä junger Mensch stirbt. Aber wär's net erst dann ungerecht, wenn alla Menschen ner bloß an der gleichen Ursach sterbertn? Sach mer ämal: Jeder Mensch stirbt an Lungenentzündung. Des wär doch die allergrößt Ungerechtigkeit. Die bösa Menschen könnertn dann die größtn Lumpereien mach, mitn Auto ras, jeden Tag än Liter Schnaps und so weiter. Ner bloß auf ihr Lunga müssertn sa halt aufpass, des wär alles. Nä, nä, es iss scho besser, dass die Menschn an vielerlei Zeug sterb könna, und dass kenner wäß, was für ihn bestimmt iss.«

Der Mutter laffm die Träna runner: »Mädla, Mädla, was redst denn du für Zeug? Ich gläb, du willst gar net gsund wer'! Du musst bet! Bet, dass du wieder gsund wirst. Der Herrgott mecht dich bestimmt wieder gsund, wenn du ganz arg drum betst.«

»Mama«, secht die Eva nach ä Weil, »Mama, ich kann des net. Ich muss immer dran denk, wie viel kranke Kinner dass es zu gleicher Zeit auf dera Welt gibt. Der Herrgott kann sa doch net alla gsund mach, höchstens ä paar dervo, weil doch, wenn scho in jedn Alter gstorbm wird, aa Kinner sterb müssn. Die Entscheidung, wen er gsund mecht, die muss er aber selber treff, da könna mir na doch net neired. Ich kann doch net bet: ›Lieber Gott, mach auf jeden Fall *mich* gsund, die annern kannsta ruhig sterb lass.‹«

Drom im Himmel. Der Herrgott und der Heilige Josef guckng nunter nein Krankenzimmer von der Eva. Sie sachng gar nix. Dem Heiligen Josef laffm die Träna über die Backng, aber Gottvater nickt bloß langsam mit sein Kopf und lächelt.

»Eva«, schent die Mutter, »bist du noch gscheit? Du musst den Herrgott bittel und bettel! Du wirst sehn, dann wirst du aa wieder gsund.«

»Nä, Mama, ich bet lieber, dass er mir die Kraft gibt, dass ich mei Krankheit ertrag. Geduld soll er mir schick und halt net so arga Schmerzn.«

Die Mutter iss ganz entsetzt: »Heiliger Gott, des Mädla mecht mich noch wahnsinnig! Hab bitte ä Einsehn, lieber Gott, und lass uns unner Kind, bitte, bitte!«

»Du, Mama«, secht die Eva, »ich hab mir's überlegt. Dass mer der Herrgott die Kraft schickt, dass ich die Krankheit ertrag, darum brauch ich na ja gar net zu bittn. Die muss ich ja ertrag. Da hab ich ja gar kee annera Wahl. Ich bet lieber, dass er mir die gute Gedankng net nimmt und dass ich, aa wenn's schlimmer wird, immer ä fröhliches Gsicht mach kann, damit ihr euch net so aufregt. Hoffentlich gibt mir des der Herrgott: ä Lächeln, bis zuletzt, aa wenn's wehtut.«

Dem Heiligen Josef drom im Himmel tut des Mädla in der Seel leid. Er wenn's zu bestimma hätt, er machert's wieder gsund.

Der Herrgott aber murmelt: »Drei Klassn Sonderschul, wern die Leut sachng bei der Beerdigung; und sie wern denkng: geistig behindert. Deraweil ghört sa zu die Gscheitstn auf dera Welt.«

Was kummt dernach?

Was kummt nachng Tod, Herr? Warum secht uns des keins?
Gibt's *kein* Läbm nachng Tod, oder gibt's vielleicht doch noch eins?
Ich gläb, wenn du gewollt häst, dass alles versinkt in Nacht,
dann häst du uns Menschen doch erst gar net gemacht.
Hoffentlich gibt's ke Zeit mehr und ke Zahl, dort bei dir.
Den Zustand könna mir uns gar net vorstell auf Erden hier.
Geld braucht mer dort kenns, es hat aa noch kenner äwas mitgenumma.
Aber es muss aa ohne Geld schö sei. Es sinn noch ke Beschwerden kumma.
Es iss doch scho komisch: Jeder Mensch möchert gern wiss,
wie's nachng Sterbm, o Herr, bei dir da drüben wohl iss.
Kenner wäß was. Stimmt des mit dem Himmel am End sogar?
Ich bin fei aa neugierig, Herr – aber ich dräng mich net vor.

Je älter dass ich wer',
desto gsünder war ich früher

Lieber Gott, ich dank dir, ich bin noch gsund.
Mei Bauch iss vielleicht inzwischen ä bissla rund.
Aber ich kann noch laaf, ich kann mich noch streck,
ich kann aa noch Rad fahr, noch schwimm, mich noch reck.
Sogar spring kann ich noch – des wär doch gelacht!
Aber, Herr, du wäßt's am bestn: Die größta Sprüng sinn gemacht.
Um mich rum sinn lauter gsunda, aber aa kranka Leut.
Gott sei Dank, ich bin noch gsund – wenigstns bis heut.

Ich wäß, es trifft mich aa ämal ä Krankert, die plötzlich kommt.
Davor bleibt, wäß Gott, auf Erden ke Mensch verschont.
Dann, Herr, geb mir die Kraft, dass ich es Kranksein geduldig ertrag
und dass ich dir für die gsunda Zeit ›danke schön‹ sag.
Es Wichtigsta aber: Mach mich dann stark, geb mir dei Geleit,
nämlich dass ich dena Gsundn auf keinen Fall ihr Gsundheit dann neid.
Davor hab ich Angst, weil ich halt so gsund war bis jetzt.
Geb mir die Kraft, Herr, dass ich trotzdem fröhlich bleib – bis zuletzt.

Des hab ich aa scho ghabt …

»Halt die Ohrn steif«, secht der ee – hört der anner.
»In acht Wochng fahrn mer wieder Rad«, lacht der ee – frääŧ sich der anner.
»Es gibt schlimmera Sachng auf der Welt«, secht der ee – lächelt der anner.
»Des hab ich aa scho ghabt«, secht der ee – hört der anner.
»Also, komm, des wird scho wieder«, meent der ee – hofft der anner.
»In vierzehn Tag lach mer drüber«, verspricht der ee – er gläbt's net, der anner.

Lieber Gott, sag doch dem eena, er soll sei blöda Bemerkunga unterlass,
und sag dem annern, er soll dei Plän, dei Hilfe und dei Liebe net vergass.
Sag dem annern bitte aa: Die Ohrn steif haltn hält sei Krankert net auf.
Und sag dem eena, er soll endlich sei Goschn halt, sonst gibst du na eena drauf!

O Gott, von dem wir alles nehma …

Oh Gott, von dem wir alles nehma,
ohne dass mir uns groß schäma,
dass ner bloß *mir* von deinen guten Gaben
in Hülle und in Fülle haben.

Oh Gott, von dem wir alles wollen.
Wenn mir's net kriechng, hörst du uns grollen.
Wenn mir's net kriechng, wolln mir drum streiten.
Kenner will sich hier bescheiden.

Oh Gott, von dem mir so wenig wissen,
mir wern doch des net büßen müssen,
dass unner Wurscht aufm Brot so groß iss
und gleichzeitig woannersch die Not so groß iss?

Oh Gott, von dir hamm mir *alla* es Leben.
In Zukunft wolln mir mehr abgeben.
Mir wolln teilen, weil uns des klar worn *ist*,
Net für sich – nein, für annera iss mer ä Christ.

Oh Gott, mir versprechen's dir im Chor:
Des Teilen nehma mir uns jetzt ganz fest vor.
Helf, dass unner Vorsätz net erlahmen,
Wenigstens für zwä, drei Wochen. Amen.

Und so äwas will geehrt sei?

Neulich war ich annerer Meinung als wie unner Pfarrer.
»Des iss annersch«, hab ich gsacht, gedacht hab ich: ›So ein Schmarrer.‹
Derf mer so über än Pfarrer denk? Muss mer net seine Knie beuchng?
Muss mer net in Ehrfurcht sei Haupt sogar verneichng?

Lieber Gott, vor kenn Bischof, vor kenn Kardinal beug ich mei Knie.
Genau so sötta schwacha Menschn wie ich sinn doch die.
Nur vor einem Herrn, und des bist du lieber Gott, ich bekenn's,
Nur vor dir beug ich mei Knie, lieber Gott, und sonst vor kenns.

Protest

Heilige Maria, du häst schrei müss damals, du wärst
im Recht gewesn.
Du häst laut protestier müss, des wär damals net
schlecht gewesn.
Du häst jammer müss: »Wirt, siehst du denn mein
Zustand net?
Muss ich wirklich nein Stall? Hast du für mich
wirklich ke Bett?«
Du häst den Herodes anklag müss: »Was hat mei
Kind dir getan?«
Du häst heul könn auf der Flucht: »Josef, wann
kumma mir denn an?«
Du häst tob könn: »Jesus, du unfolgsames Kind!
Dass ich dich nach Tagen erst wieder im Tempel
find!«
Und wie sa dein Sohn den Prozess gemacht hamm –
du häst protestier könn.
Und wie sa dein Sohn ans Kreuz gschlachng hamm –
du häst resignier könn.

Du hast's aber hingenumma, denn du hast sicher
gewisst,
dass des, aa die Kreuzigung Jesu, Gottes Wille
gewesen ist.
Du hast gfracht, und Gott hat immer geantwortet in
deiner Not.
Heilige Maria, hoffentlich könna mir aa warten –
auf ä Antwort von Gott.
Der Herr gibt uns immer ä Antwort, und er will uns
mit der Zeit alles erklärn.
Heilige Maria, bitt für uns, dass mir Geduld hamm
und Zeit hamm zuzuhörn.

Des dreckerta Bübla in dera Gschicht steht für annera. Für die, die wo ausgschlossn sinn nachng Kirchngrecht, exkommuniziert sinnsa, obwohl sa Sehnsucht hamm. Wie hässts: »Richtet nicht, damit ihr nicht gerichtet werdet.«

»Die lassn mich net nei!«

Bautsch! Die großa schwera Tür fliecht zu. Obwohls ä Kirchetür iss, iss sa ganz schö laut zugeknallt worn. Vorher hat so ä Moo noch den Buäm nausgschubst. Jetzt steht er da, der klee Andi mit seiner kurza Hosn, und mecht ä langs Gsicht. Er hat doch gar nix angstellt, er wollt doch ner bloß nei die Kirch. Er hat sogar ä paar Blümli derbei. Net vo der Wiesn – nä, vo än Gartn, aber net geklaut – nä, die warn ausn Gartezaun rausghängt, und dann isses außerhalb und höchstens Mundraub, aber net geklaut.

Der Bua derf also net nei die Kirch, obwohl, bis naus die Straß hört mer die Leut singa: »Kommt her, ihr Kreaturen all …« Auf eemal hört mer sa lauter, die Singerei, nämlich, die Tür geht wieder auf.

Der bös Moo, der Nausschubser guckt scho wieder raus und schent den Andi zamm: »Dass des wäßt! So wie du aussichst, kummst du da net rei! Geh erscht ämal hemm und wasch dich und kämm dei Haar und zieh der äwas Gscheits an. Und barfuß? Ja was fällt denn dir ein, barfüßich nei ä Kirch! Habt denn ihr kenn Anstand derhemm? Hä?«

»Ich hab doch ner bloß ä eenzigs Paar gscheita Schuh, und die brauch ich doch im Winter, wenn's kalt wird«, wehrt sich der Andi mit leiser Stimm.

»Dei Vater soll der ä Paar Schuh käff!«, schreit der Moo.

»Mei Vater iss arbeitslos. Ich wollt ja bet, dass er Ärbet kriecht.«

»Dei Vater«, bäbert der Moo weiter, »der soll net so viel neis Wirtshaus, oder was er sonst mit sein Geld mecht. Wer issn dei Vater eigentlich, wern ghörst denn du an?«

»Mei Papa iss ä guter Vater, und mei Mutter aa, und ich wollt doch bloß für mein Vater und mei Mutter bet, dass sa mehr Geld hamm. Und für mei Gschwister aa.«

Der Moo habt die Tür zu. Und mer hört, wie die Leut in der Kirch singa: »Hier liegt vor deiner Majestät im Staub die Christenschar ...« Mer hört's bis naus.

Der Bua wart ä bissla, und dann probiert er's noch ämal leis an der Tür, ob er net doch noch heimlich neikummt. Aber der bös Moo hat's gemerkt und kummt scho wieder raus und schent: »Hau endlich ab, du Läushammel! So ä Dreckbär kummt mer net da rei, nei unner saubera Kirch!« Und er gibt dem Kind ä mordstrümmer Schelln.

Der Bua heult und hockt sich auf die Mauer, die wo rund um die Kirch läfft. Er und sei Bluma lassn ihr Köpf häng.

Der Moo, wu gschent und dem Bua ä Schelln gäbm hat, iss ä ganz frommer Moo, der wu mindestens jedn Sonntag nei die Kirch geht mit seiner Fraa. Er iss Bankdirektor, also Geldverleiher vom Beruf. Er iss sogar in der Kirchenverwaltung für die Pfarrfinanzen zuständig.

Jetzt singa sa: »... selig seid ihr, wenn ihr lieben lernt ...« – sei Fraa Sopran und er zwätta Stimm. Sei Fraa hat den Altar ehrenamtlich mit Bluma gschmückt, und sei Volksbank hat Geld gspendt für Blattgold für die Heilicha zum Vergoldn.

Die Kirch glänzt und strahlt vor lauter Sauberkeit und Blattgold, da kann mer so ä dreckerts Bürschla net drin gebrauch. Aber, ner ke Angst, der Moo, der Herr Direktor, hat ja dafür gsorcht, dass der drecket Bua drausn bleibt. Er hält jetzt die Tür vo inna zu.

Da höckt er jetzt, der Klee mit seiner nackertn Füäß,

und guckt vor sich hi. Da sieht er auf eemal zwä annera nackerta Füäß, aber mit Sandalen. ›Der wenn noch nei die Kirch will‹, denkt er, ›den lassn sa so barfüßich aa net nei, net ämal mit seiner Sandaln. Wett mer?‹ Sei Blick wandert langsam die Bee von dem Menschen nauf, und dann staunt er. Es iss ä Moo, des sicht mer scho an sein Bart, ä junger Moo mit Bart. Aber wie der angezochng iss! Der hat ja net ämal ä Hosn an. Ä langs und bräts Tuch hat er um sein Körper gschlunga, des iss alles.

›Mir hamm zwar jede Menge Ausländer in der Stadt‹, denkt sich der Andi, ›aber die hamm doch merschtns Hosn und normala Kläder an.‹ Er guckt sei eigena dreckerta kurza Hosn an und sei zerissns Hemd, und er wird nachdenklich. Jetzt frecht der Andi den Fremma eefach direkt: »Wu kumma Sie denn her?« Hoffentlich versteht na der Ausländer.

Der Ausländer versteht na: »Du kannst ruhig du zu mir sag, Andi. Ich bin net vo da, ich mach ner bloß ämal kurz Station hier in dera Stadt.«

Der Andi wird nachdenklich: ›Woher kenntn der mein Nama?‹, denkt er. »Wennst nei die Kirch willst«, lacht dann der Andi, »nacher mach der ke Hoffnung. Und mit deiner komischn Kuttn überhaupts net, und barfüßert lassn sa hier kenn nei. Mich hamm sa aa net neigelassn. Wu bistn du eigentlich genau her? Du redst ja wie mir, aber mit den langa Kläd da …«

»Ich bin vo Palästina. Des iss weit weg vo hier, aber ich kumm überall rum in der Welt.«

»Da musst du ja unheimlich viel Sprachng könn. Also Fränkisch kannsta prima!«

»Ich versteh alles, des wo auf dera Welt gsprochng und versprochng wird, und ich versteh alla Menschn, aa wenn sa nix redn. Ich versteh aa die Gedankng. Jetzt aber ämal zu dir: Dich hamm sa also net neigelassn, nei die Kirch?«

»Nä, ich bin net sauber genug, hamm sa gsacht. Probier's du ruhig aa ämal, du bist doch ä sauberer Kerl. Vielleicht kummst du ja nei?«

»Des brauch ich gar net zu probiern«, erklärt der jung Moo aus Palästina mit dem Bart und mit die strahlenda Aachng. »Des iss nämlich so, Andi: Mich lassnsa aa net nei. Mich hammsa aus dera Kirch in dera Ortschaft da aa nausgsperrt. Und wenn sa *mich* scho net ämal nei die Kirch neilassn, dann kummst du scho gleich gar net nei. Wäßt was, Andi? Geh mit mir, es gibt aa noch genug Kirchng, wo mir neikumma, mir zwä, aa barfüßert. Wett mer?«

Kirchen mit Türen

Lieber Gott, mir warn in einer wunderbaren fremden Stadt.
Aufm Marktplatz hammsa ä prächticha Kirch stehn ghabt,
aber die Tür iss so schwer aufganga. War die vielleicht ä bissla verklomma?
Muss denn des so schwer sei, in irgend ä Kirch überhaupt neizukumma?
Zu dir, lieber Gott, kummt mer schneller; mer muss bloß fühlen statt sehn.
Und mer braucht aa gar net so viel von Theologie zu verstehn,
weil, dei Hauptgebot, es wirklich Wichtigsta, kurz gefasst,
weil des alles, kurz und gut, sozusachng sogar auf *een* Bierdeckel passt.
Wer nämlich dei Hauptgebot, die Nächstenliebe, ernst nimmt und lebt danach,
der kann über verklemmta Türn, also über Kleinigkeiten, doch ner bloß lach!

Ich steh mir selber im Weg

Herr, hinter mir brennt ä Lampm mit hunnert Watt.
Aber da, wo ich was tu will, da iss es düster und matt.
Ich seh fast nix. Was soll ich wohin stell? Was soll ich beweg?
Es iss mei eigener Schattn – ich steh mir selber im Weg.
Es Licht iss da, ich wäß, aber ich guck in die anner Richtung.
Herr, ich hantier im Düstern, statt in der Lichtung.
Bin ich schwer vom Begriff? Mach mei Gedankng ä bissla schneller!
Bloß ä bissla, wenn ich mich dreh tät, wär's doch gleich viel heller.
Herr, dreh *du* mich ä bissla, wenn *ich's* scho net schaff.
Du kennst die Richtung, Herr: Wohin soll ich laff?
Herr, helf, dass mei Lebm ä Wendung kriecht,
Herr, helf, dass ich wieder ä weng mehr hab –
vo dein Licht.

Nah da und weit weg

Ä junga Mutter iss gstorbm in unnera Stadt.
Sie hat drei unmündicha Kinner ghat.
»Dass Gott so äwas zulässt?«, hat mei Nachber gfrecht.
»An so än Gott kann ich nix mehr gläb!«, hat der sich aufgerecht.

Zwä Kinner, läs ich, sinn im Norden von een umgebracht worn.
»Lieber Gott, straf na, der ghört aufghängt!«, bet ich voller Zorn.

Ä Attentäter im Irak tötet zwanzig Menschen und, wie immer, aa sich.
Des iss schlimm, lieber Gott! Des sinn fei aa Menschen so wie ich.

In Afrika hamm Rebellen ä Dorf überfalln.
Fümfhunnert sinn tot.
Des ghört bei dena derzu, obwohl, die tun mir scho leid, lieber Gott.

In Indien, ä Erdbeben, sechstausend Tota, alles in Schutt und im Dreck.
Na ja, lieber Gott, Indien iss halt vo uns aa unheimlich weit weg.
Die hamm ja sowieso zu viel Kinner. Trotzdem iss des schwer.
Aber, ämal ehrlich, lieber Gott, wer soll denn die Leut dort ernähr?

Der, der wo dich vorhin verflucht hat, Herr, mei Nachber, der schlecht,
secht jetzt beim Erdbeben: »Der Herrgott wird scho wissen, was er mecht.«

Iss des net schlimm, Herr, dass des, was bei uns hier ä Qual iss,
dass des ä paar tausend Kilometer weiter uns fast scho egal iss?
Ich gläb, dass jeder eenzeln sei Läbm stirbt, aa wenn er ä Buddhist iss,
aber aa, dass du, lieber Gott, jeden nimmst und net frechst, ob er ä Christ iss.
Aber ob mir Christn, Herr, vom Schicksal betroffm sinn, so wie mir des solln?
Also, ich wäß net – bei uns spielt halt net bloß beim Sterbmdie Distanz ä großa Rolln.

Fortschritt?!

Lieber Gott, die Bauern brauchng än Bulldog. Des iss
mir scho klar.
Es geht nix mehr mit Küh, mein Gott, wie des früher
ämal war.
Aber schad isses scho, dass in unner schöna Natur
jetzt kracherda, großa und lauta Traktoren
rumkurven nur.
Und die Auspuffgase, wie die stinkng und riechng!
Dadergecher sinn früher die Düfte aus die Kuhfladen
gstiechng.
Und eens, lieber Gott, eens dürfm mir net vergess:
Kann mer den Blechhaufm am End aa noch ess?
Gibt er Milch, Käs oder Quark und so weiter?
Wu sinn dera Bulldögga ihr Lendn, wu iss ihr Euter?
Und noch äwas: Vielleicht liegt die Junga nix mehr
da dran,
aber guckt der Traktor sein Bauern überhaupt ämal
treuherzich an?
Und, es Allerwichtigsta, Herr, hat *da* scho eens
drangedacht:
Hat so ä Traktora je ä klenns, kuscheliches Traktörla
zur Welt gebracht?

Bekanntheitsgrad

Der Herr Pfarrer grüßt sei Gemeinde, so wie mer des kennt.
Jeder kennt ihn – aber ihm sinn die merschtn Leut fremd.
Der Bischof winkt. Er wäß ner bloß, es sinn Arma und Reicha.
Beim Erzbischof, beim Kardinal, bei dena isses es gleicha.
So iss es, Oh Herr, die geistlicha Würdenträger kennt jeder.
Aber wer vo dena kennt die Marri, die Anna oder den Peter?
Wer vo die hoha Herrn wäß, warum sich die Resi und die Lisa so gräma,
oder wofür sich der Hans und die Kunigund so schäma?
Aa der Papst in Rom segnet hundertausend Pilger – ach, iss des schön.
Aber kenn vo dena hat er jemals vorher oder später noch ämal gsehn.

Bei dir, Herr, iss es annersch, du kennst sa alla, besonders die Spinner.
Du kennst jeden eenzelna, und net bloß vo außn – nä, nä, du kennst sa vo inna.
Du wäßt, was uns freut, was uns drückt, und du kennst unnern Schmerz.
Du wäßt, was mir im Hirn hamm, und du guckst tief nei unnern Herz.
Du kennst jedes Lebewesen, und du verstehst alla und alles auf Erden hier.
Vielleicht begreifen mir des erst, wenn mir ämal drom sinn bei dir?

Kenner mag na

Du, ich kenn än Moo, lieber Gott; ich bin sicher, du kennst na aa:
Kenner mag na – kenner vo die Männer, und scho gar ke Fraa.
Sei Kinner sogar, kaum achtza, sinn sa scho fort ausn Haus.
Er trinkt aa zu viel, Tag und Nacht – es iss wirklich ein Graus!
Sei Fraa iss jetzt schließlich aa noch vo na fort.
Vo die Nachbern red kenner mit na ä Wort.
Im Verein mag na aa kenner, er nörgelt ner bloß,
mer kann na net gebrauch, es iss nix mit na los.
Jeder geht na ausn Weg, er wird gemiedn immerzu.
Der eenzich, der wo noch mit na red, Herr, des bist du.

Ä Glückspilz

Hat's scho ämal so was, lieber Gott, auf dera Welt gäbm?
Also, den Moo, den wo ich jetzt beschreib, den muss mer erläbm.
Alles, was der anpackt, was der mecht, des gelingt na.
Er iss beliebt, wo er aa iss. Die Prominenz, die umringt na.
Er iss mehr begehrt als wie du, Herr, alla hörn auf sein Rat.
Er hat aa scho zahlreicha Frauen ghat.
Er iss weitgereist, er kennt die ganz Welt.
Er wohnt in die besta Hotels, er hat die Taschn voll Geld.

Er iss gsund, erfolgreich, er kann sich alles leisten.
Von so än Läbm als Glückspilz träuma doch die meisten.
Er wird gsucht, er wird gfragt, und er red ununterbrochng.
Bloß mit dir, Herr, mit dir hat er bestimmt noch nie ein Wort gsprochng.

Der Krach iss vorbei

Lieber Gott, dir sei Dank, der Krach iss vorbei.
Wie kumma mir denn jetzt ins Normala wieder nei?
Wie mach mer's denn, dass mir uns wieder möchng,
dass mer uns nix mehr vormachng, dass mir nix mehr lüchng?
Sorg du bitte dafür, Herr, dass mir uns wieder näher kumma,
und dass mir endlich den Streit hinter uns lassn, den dumma.
Mir hamm uns doch früher, Gott sei Dank, prima verstanna.
Ich bin ja scho glücklich, mir redn wenigstens wieder mitänanner.
Es besta wär halt jetzt – und mir müssn guck, ob mir des könna –,
dass mir den Krach net grad vergessn, aber dass mir na nix mehr erwähna.
Mir sollertn vielleicht än Schoppm mitnanner trink, lieber Gott – *die* Idee!
Dann tät mer uns bestimmt ganz schnell wieder ä bissla besser versteh.
»Prost!«, tät mer sag. »Zum Wohl!« Und mir wärn uns wieder gut gsunna.
Vielleicht hast du die guta Schoppm sogar extra daderfür erfunna?

Die Wandlung

O Heiliger Geist, mit deiner Hilfe hammer scho viel erreicht.
Was die Kinner heut in der Schul lerna, des hamm mir fei früher gebeicht.
Alles, was schö war, des war verboten. Alles Nackerta musst mer verbergen.
Nix hammer gedürft – in Gedanken, in Worten und scho gar net in Werken.
Heut lach mer drüber! Mir singa, mir freun uns und wandern,
und mir machng allerweil viel Späßli, allein oder mit andern.
Mir sinn ja froh, dass uns nix mehr die Höll prophezeit wird,
aber mir müssen aa brav sei, weil dadraus erscht die himmlische Freud wird.
Und bevor mir uns später bei dir, lieber Gott, bloß noch freun,
willst du, dass mir anständig läbm und aber aa unner Sündn bereun.
Vo Fegfeuer iss heut, Gott sei Dank, ke Red mehr, und vo lässlicha Sündn.
Dadevor könna mir, Herr, nach der Frohbotschaft ke Angst mehr empfinden.
Gut, dass' jetzt den *fröhlichen* Glauben gibt, aa bei die geistlichng Herrn,
und dass mir nix mehr wie früher von oben runter *abgekanzelt* wern.

Gedanknglos

Gedanknglos, lieber Gott – du wäßt ganz genau, was des iss.
Gedanknglos, des iss Gepappl, kenner denkt nach, kenner will's wiss.
Eens vo die schlimmstn Beispiele iss: »Gott sei Dank« gedanknglos,
ohne drüber nachzudenkng, sachng des fei net ner die Frankng bloß.
Alla sachng »Gott sei Dank«: die Christn und aber aa die Heidn,
die Dumma sachng's hunnertmal am Tag und aber aa die Gscheitn.
Ob aber aa bloß eener drüber nachdenkt, was mir *dir* alles zu verdankng hamm,
dass es uns gut geht, dass mer gsund sinn, dass mir net so viel Kranka hamm?
Wenn mir ner alla wieder »Gott sei Dank« mit mehr Denkng aussprechertn
und dadurch zu ganz neua Gedankng und Ideen aufbrechertn,
dass mir uns wirklich auf den wahren Sinn von »Gott sei Dank« besinnertn,
dass vo dir alles kummt, dass mir uns dadran wieder erinnertn.
Vor allem wär vielleicht wichtig, dass mir wieder gründlich bedenkertn,
dass mir dich, lieber Gott, net immer wieder mit Gedanknglosigkeit kränkertn.

Was ghört dir?

»Dir ghört ä Tracht Prügel!«, hammsa früher zu die
Kinner gsacht.
»Mir ghört ä goldns Kettla«, strahlt ganz stolz die arme
Magd.
»Mir ghört ä Haus«, secht der ee. »Und mir zwä Auto«,
prahlt der anner.
»Mir hamm än Hund«, secht der Klaus. »Mir hamm
Katzn«, secht die Johanna.
»Mei Haus, mei Auto, mei Swimming Pool, mei
Konto, mei Geld!« –
»Uns ghörn die drei klenna Kinner da!« –
Lieber Gott, ä verrückta Welt!
Alles, was lebendich iss, dass des der Mensch net
versteht?
Was lebendich iss, wie ä Kind, lieber Gott –
des ghört een doch net.
Und was tot iss? Lieber Gott, was iss mit die leblosa
Sachng?
Ä Philosoph hat vorgschlachng, mer sollert ämal die
Aachng zumachng.
Ner bloß was mer dann sicht, lieber Gott – es iss so
eigericht von dir –,
ner bloß was ich mit gschlossena Aachng seh, bloß
des, des ghört mir.

Wo zwä oder drei …

Wo zwä oder drei in dein Nama sich änanner anschrein und streiten,
da bist du, Herr, mittndrin und versuchtst, den Zorn zu vermeidn.
Aber die Menschn hamm ihr eichena Köpf und ihrn eichena Willn –
alla, die Lautn und genauso aa die Stilln.

Wo zwä oder drei sich beleidichng, sich bescheißn und sich anlüchng,
da bist du, Herr, mittndrin, um alles wieder zum Gutn zu füchng.
Aber die Menschn hamm net ner bloß ihrn eichena Willn;
sie sinn aa ganz raffiniert, ob öffentlich oder aa ganz im Stilln.

Wo zwä oder drei Nationa sich betrüchng und sich den Krieg erklärn,
da bist du, Herr, mittndrin derbei, um es Schlimmsta abzuwehren.
Aber die Menschn machng halt leider Gottes des, was sa wolln –
ob sa sich jetzt umarma oder sich den Krieg erklärn und änanner grolln.

Wo zwä oder drei mitnanner betn, aber net alla gläämʼs so richtig,
da bist du, Herr, immer mittndrin derbei, denn da bist du wichtig.
Du freust dich und betst und singst mit ihnen,
denn du bist der einzige *Herr*, der aa bereit ist zum *Dienen*.

Wo zwä oder drei in dein Nama beinanner sinn hier in Franken,
da bist du mittndrin und freust dich, wenn sa sich bei dir bedankng.
Und wenn sa dann mitänanner singa, betn, essn und trinkng und lachng,
dann wissen sa oft gar net, was für ä Freud dass sa dir machng.

Lieber Gott, du störst

Was soll ich denn käff? Än BMW, än Mercedes oder än Audi oder was?
Wurscht, was die Auto kostn oder was die verbrauchng – es Tempo mecht Spaß.
Warum hat jetzt da ›Brot für die Welt‹ ä Bild aufghängt und die Armut erklärt?
Lieber Gott, warst du des? Ich will ä teuers Auto käff, aber des Bild, des stört.

Ich geh nei die Kirch zum Betn, und ich will mich bedank.
Lieber Gott, du sorgst, dass mir alla gsund sinn, kenner vo uns iss krank.
Da seh ich den Gustav, der iss leidend, ich seh', wie er mit sein Rollstuhl fährt.
Ich frä mich nix mehr über mei Gsundheit, lieber Gott; der Rollstuhl, der stört.

»Willst net mei Auto käff?«, frech ich. »Des fährt fei super, aa wenn's scho alt iss.
Kein bissla Rost, unfallfrei, und es springt an, aa wenn die Batterie kalt iss.«
Da seh ich an der Wand es Kruzifix. Ob du mich aa siehst? Ob du mich hörst?

Also, so kann ich, wäß Gott, ke sotta krumma Gschäfte mach – Jesus, du störst.

Im Stau neber mir ä Auto, ä rassicha Fraa höckt am Steuer.
›Des wär ä Fraa‹, mal ich mir aus, »für die wär mir nix zu teuer.‹
Da fällt mer ei, dass *mei* Fraa gsacht hat: »Dass d' mer fei vorsichtig fährst!«
Jetzt guck ich wieder auf die Straß. Danke lieber Gott, danke, dass du störst.

Was iss wichtig?

Viel Menschn wissen gar net, wie wichtig sa sinn für die Welt.
Viel Menschn wissen gar net, wie wertvoll sa sinn, und da geht's net ums Geld.
Viel Menschn wissen gar net, wie sich annera an ihna orientiern.
Und viela wissen net, wie tröstlich des iss, wenn sa lächelnd jemand berührn.
Warum spürn se's net, wie wichtig des iss, dass sa annera Leut Freude machng?
Ich gläb, lieber Gott, sie wissn's deswecher net, weil mir's era net sachng.
Lieber Gott, erinner uns, dass Anerkennung für jeden Menschn sehr wichtig iss.
Und dass der Mensch net bloß unterhalts-, sondern aa anerkennungpflichtig iss.

Ke Wunder

Lieber Gott, die Menschn sachng, du wirkerst ke
Wunder mehr;
dei letztes Wunder war vor zwätausend Jahr, des wär
scho so lang her.
Du hast doch erst ä Riesenwunder gewirkt. Mir
warn's bloß nix mehr gewöhnt.
Du hast uns mit alla westlicha Länder, mit die
sogenannte Erbfeinde, versöhnt.
Und ä noch größers Wunder, aber net jeder kann des
erkenn:
Du wollst uns aa mit unner osteuropäischa
Nachbern, mit alla, versöhn.
Lieber Gott, es gibt era, wo sachng: »Die Russn, und
die Moslems mag ich net.«
Gestern hat ä Türke ä deutscha Christin aus än
brennenden Auto gerett.

Lieber Gott, danke, dass du Wunder gewirkt hast,
großa und klenna,
und verzeih bitte dena blinda Leut, die wu des net
erkenna.
»Bloß dumma Menschn glääm net an Zufäll«, hat
ämal ä Philosoph gelehrt.
Des soll ä gscheiter Kerl sei? Vo dir, lieber Gott, hat
der nu nie äwas ghört.

Derfm mir im Glaubm aa ämal lach?

Sag ämal, lieber Gott – des iss jetzt ä besonders Gebet:
Ich will ämal über dein Sohn Jesus mit dir red.
Der war doch mit seiner Kameraden, die Apostel, zamm.
Ob die aa ämal mitänanner ä Festla gfeiert hamm?
Ob die aa ämal ä paar Spässli gemacht hamm?
Ob die vielleicht sogar aa ämal frech gelacht hamm?
Die hamm brav gelebt, liest mer, net gsündigt, net gelochng,
aber bestimmt hamm sa aa ämal eens durchng Kakau gzochng.
Die hamm doch bestimmt aa ämal ä paar Schoppm getrunkng
und sinn dann todmüd nei ihrer Better gsunkng.
Aber hamm die überhaupt Zeit ghabt, dass sa Spässli getriebm hamm,
wo sa doch es Neua Testament, die Frohbotschaft gschriebm hamm?
Mir hamm als Kinner in der Kirch doch aa ke Spässla mach derf.
Früher hat mer in der Kirch net ämal kicher und scho gar net lach derf.

Gott sei Dank, heutzutag könna mir lach, und mir sinn ganz gelassn,
denn mir wissen, dass du mitlachst mit uns Klenna und über die Großn.
Eens iss sicher, lieber Gott: Wenn mir lachng, iss es dir angenehm.
Warum sonst häst du uns als eenzicha Lebewesen die Fähigkeit derzu gäbm?

Majestischa Kirchng

Was iss wichtiger, lieber Gott: Prunk, Gold, Silber und strahlendes Licht
oder ä Mensch, der sich müht, dass er sich nach deiner Gebote richt?
Mir warn ämal in Rom. Also, ich muss scho sag:
Was mir gsehn hamm, lieber Gott, in dena paar Tag,
vo eener Kirch zu die anner ghetzt, quer durch ganz Rom.
Ich hab sa alla wieder vergessn, die Kirchng, außern Petersdom.
In dem Petersdom aber, lieber Gott – ich war ganz entsetzt –,
da warn im Boden die großa Kirchng der Welt eigeritzt.
Und mer hat gsehn: Alla sinnsa klenner, aa die allerschöäst.
Der Petersdom aber, in Rom, des iss der allergröäßt.
Müssn sich die Haßfurter jetzt für ihr Heiliggeistkirchla schäm?
Scho bei zehn Leut wird's doch da drin eng und unbequem.
Ich hab mich in Rom wirklich gschämt, lieber Gott – iss denn des richtig?
Iss denn die gigantischa Größ vom Petersdom wirklich so wichtig?
Noch äwas hab ich in Erinnerung vo Rom: ä ganz klenns Häufla Staab.
Es war in die Katakombm und es hat ghässn es wär ä Grab.
Der Fremdenführer hat's uns erklärt, ob mir denn des net wisstn,
des wär ämal eener gewesn vo die allerersten Christen.

Vielleicht sechst du jetzt, lieber Gott, ich wär net genug fromm.
Beim Häufla Staab hab ich genickt. Än Kopf hab ich gschüttelt im Petersdom.

Die Kirch gschwänzt

Gestern war Sonntag, und ich war net in der Kirch, lieber Gott.
Derbei war ich fei net ämal krank und aa sonst net in Not.
Nä, die Nachbern hamm mich gebraucht, ob ich ä weng helfm tät.
Sie hättn grad am Sonntag äwas zu feiern – ä klenna Festivität.
Die jung Nachbera, o Herr, die war dir vielleicht flott!
Die hat aufgedeckt, gekocht und gspült – also, ich sag dir, lieber Gott:
So äwas Tüchtigs und Saubers find mer fei net oft auf dera Welt!
Drum hab ich des aa gleich ihrn junga Moo weitererzählt.
»Sie«, sach ich zu na, »mit ihrer Fraa hamm Sie kenn Fehler gemacht.
Die schafft und ist gleichzeitig sehr freundlich«, hab ich zu na gsacht. –
»Ja, ja«, lacht er – er wird rot, und mer sieht, dass er scheniert iss,
»*die* Fraa hat mir der Herrgott gschick! Es besta, was mir je passiert iss.«

Lieber Gott, ich hab die Kirch gschwänzt an dein heilichng Tag.
Aber kann mer in der Kirch äwas Schöneres hör oder sag?

Ich hab's der junga Fraa anvertraut, was mir ihr Moo übera gsacht hat.
Erst hat sa gheult, lieber Gott. Aber hast's gsehn, wie sa dann gelacht hat?
»Zu mir«, hat sa gstrahlt, »hat mei Moo noch nie so was Schöns gsacht.«
Und mit dicka Träna in ihra Aachng hat sa glücklich gelacht.

Herr, warum hast du die Männer so stumm gemacht?
Warum so stark, so mutig und gleichzeitig so dumm gemacht?
Ich hab heut die Kirch gschwänzt, Herr. Hast du mich vermisst?
Verzeih, bitte, dass des Erlebnis für mich viel wichtiger gewesn ist.
Danke, dass ich heut mit dena Nachbersleut hab lach derf,
und danke, lieber Gott, dass ich dera Fraa so ä Freud hab mach derf.

Und ich dank dir – ich bin ja auf än ganz neuen Gedankng kumma.
Ich hab mir nämlich, lieber Gott, jetzt ämal ganz fest vorgenumma,
dass ich meiner Fraa derhemm demnächst endlich aa wieder ämal sach,
dass ich sa gern hab und dass ich sa mag.

Ä Gänseblümla

Liebes Gänseblümla, ich muss mich für die
Menschheit bei dir entschuldig,
weil, ich kenn Frauen, die wolln ner bloß den Rosn
und Orchideen huldich.
Ich wäß genau, was die Frauen vo dir, liebes
Gänseblümla, denkng:
›Ach, so ä Gänseblümla iss doch nix wert. Des kasta
doch net verschenkng.‹
Deraweil bist du doch es schönsta Blümla in unnern
Gartn.
Wenn du im Frühjahr es Strahlen anfängst, ich kann's
kaum erwartn.
Du brauchst aa kenn Dünger, und du hast aa gar net
viel Durscht.
Obs kalt iss oder häß – des iss dir vollkommen
wurscht.
Wenn eener auf dich drauftritt, du bist dem Menschn
net bös.
Am nächstn Tag stehst du scho wieder aufrecht und
strahlst in alter Größ.
Was sinn gecher dich die gekäfftn Sträuß, die teuern,
die großn?
Was sinn Orchideen, was sinn denn scho
Chrysanthemen und Rosn?
Wenn du dich im Frühjahr erhebst, wenn noch kalta
Wind dich umfächeln,
wenn dei Blütenkelchla aufgeht, Gänseblümla, wenn
du anfängst zu lächeln,
dann steckst du uns alla mitänanner mit deiner
Fröhlichkeit an.
Alla frään sich und kumma in Stimmung – egal, ob
Fraa oder Mann.
Herr, danke für die Gänseblümli und ihr
Gschwisterkinner, die Margeritn.

Wie viel ärmer wärn mir draa, wenn mir die zwä zarta Blümli net hättn?

Ausgetretn

Lieber Gott, ich bin ganz aufgeregt! Wie soll ich dir denn des sag?
Du, lieber Gott, wie kann mer denn ner bloß so äwas mach?
Stell dir vor: Der Gustav, lieber Gott, er hat aufghört mitn öffentlichng Betn.
Der Kerl iss doch – obst's gläbst oder net – wahrhaftig aus die Kirch ausgetretn!
Trotzdem gläbt er an dich, weil er's net lau, sondern häß oder kalt will.
Des hat er gsacht, und aa, dass er dei zehn Gebote fei aa weiterhin halt will.
Geht denn des, dass mer dei Gebote halt derf, aa wenn mer der Kirche fern iss?
Geht des, dass mer ohne Gemeinschaft ä Christ und des sogar gern iss?
Stell dir vor, ich hab na in der Kirch gsehn, wie er gebet und sogar gflennt hat,
wo er sich doch net vo dir, aber vom Papst und vo die Bischöf getrennt hat.
Bestimmt iss er noch fromm. Vielleicht iss es die Kirchngsteuer, es Geld?
Nämlich jetzt kummt der Hammer: Er hat sich bei ä Wallfahrt angemeldt.
Also, ich frää mich, wenn ich na in der Kirch seh.
Aber muss des net schlimm sei?
Derf mer denn, aa wenn mer nix mehr in der Kirch iss, in deiner Kirch drin sei?

Gschämt

Also, lieber Gott, des klingt jetzt zwar ä bissla unangenehm,
aber es gibt Sachng, dafür muss mer sich wirklich schäm.
Hab ich dena klenna Kinner äwas Falsches vo dir gsacht?
Hab ich in Gsellschaft gar mancha Leut verächtlich gemacht?
Hab ich meiner Fraa gsacht, es Haus wär heut net gut geputzt?
Oder hab ich gar gutgläubicha Menschen für mich ausgenutzt?
Ich denk drüber nach, wie viele Schämbeispiele mer da nehm kann.
Der Mensch iss ja überhaupt es eenzicha Wesen, wo sich schäm kann.
Lieber Gott, schämt sich ä Hund, ä Katz, ä Papagei, ä Ratt oder gar ä Laus?
Mecht einer Nacktschneckng ihr schamloser Körper ämend äwas aus?
Bloß mir Menschn könna uns schäm und kriechng rota Köpf vor Scham.
Mir sinn ja aa die eenzicha, die wu oft genug Grund zum Schäma hamm.

Konfessiona

Lieber Gott, neber mir war ä Protestant und hat gebet.
Hat der, o du lieber Gott, wirklich aa mit dir geredt?
Sogar ä evangelischer Pfarrer iss fei mei Freund,
aber mir sinn doch getrennt – oder sinn mir ämend doch vereint?

Und ä Moslem iss aa mei Freund und sogar aa sei Fraa.
Ich mag die zwä wirklich, und die zwä möchng mich aa.
Lieber Gott, was sechst jetzt du zu den Religionsdurchänanner?
Lügt der ee, wer hat Recht, oder lügt gar der anner?
Wenn du heut wieder auf Erden kummerst und gingerst auf uns zu,
sag doch ämal ehrlich: Zu waffera Religion gingerstn du?
Irgendwie stell ich mir vor, dass du drom im Himmel auf einer Wolkng hockst
und über uns lachst und lachst und lachst und lachst.
Und fragst dich, warum mir Deppm, im Gegensatz zu die Tierli, die dumma,
in dera Welt halt eefach und um kenn Preis der Welt zamm könn kumma.
Allerdings wirst du dann nix mehr gelacht hamm,
wie du gsehn hast, wie die Gläubigen änanner umgebracht hamm.
Die Moslems die Christen und die Christen die Indianer
und schließlich die verschiedena Christen unteränanner.
Wie sa sich bekämpft hamm, und wie sa sich dann gspaltn hamm,
wie sa sich, ganz gecher dei Gebote, total unchristlich verhaltn hamm.
Wahrscheinlich hasta drom im Himmel die Faust geballt im Stillen.
Aber du hast ner bloß zuguck könn; die Menschn hamm ihrn freien Willen.
Herr, mach die Welt neu! Mach, dass die Menschen änanner kennalerna.
Wirk ä Wunder, lieber Gott, mach, dass mir alla vonänanner lerna könna.

Fränkischa Feiertagsgebetli

Advent

Was? Scho drei Kerzli? Da sinn mir ja scho bal wieder soweit!
Ich hab fei gar nix gemerkt vo dera sogenanntn stillen Zeit.
Grad vor Weihnachtn sollert doch der Mensch zur Besinnung kumm.
Sollert! Eigentlich! Aber, lieber Gott, des iss jetzt wirklich dumm:
Den ganzn Tag hamm mir doch ner bloß noch ein Gerenn und ein Gehetz,
ein Lärm in die Kaufhäuser und dauernd neua Events for the kids.
Jetzert fängt's aa nuch es Regna an, und die Plätzli, die sinn aa nix worn.
Die Mutter schreit rum und wird blass und rot, voller Zorn.
Kurz vor der Ohnmacht nimmt sa schnell noch Beruhigungströpfli ei.
Jetzt wird sa still. ›Sichste's‹, denkt sa, ›so sollert's vor Weihnachtn sei.‹
Ich wäß scho, lieber Gott, du schüttelst dein Kopf über uns dumma Leut.
Aber so benimmt sich halt heutzutag der Mensch, wenn er sich auf was freut.

Nikolaus

Du, lieber Gott, wie viel Nikoläus laffm rum in unnerer Stadt?
Wie viel Eltern gibt's, die wu denkng, dass ihr Klenns än Rüffel nötig hat?
Wie viel Leut gibt's, die wo heut mit dem Nikolaus nix mehr anfang könna?
Wie viel Leut gibt's, die wo den gutn Moo bloß ›Weihnachtsmann‹ nenna?
Lieber Gott, entschuldige, aber ich hab aa scho ämal än Nikolaus gemacht.
Des kann doch net so schwer sei, hab ich mir damals gedacht.
Aber wie des Bübla dann vor mir gheult hat, des war für mich schlimm,
und ich hab's sofort an Ort und Stell ausgezochng, des blöda Kostüm.
Ich hab gsacht: »Geh her, Bua, mir guckng ämal, was dei Mama eigepackt hat.
Ich krieg die Besenrutn, und du kriegst die Bonbon und die Schokolad.
Der richtige Heiliche Nikolaus hat früher aa für Kinner guta Sachng gebracht.«
Da hat der Bua auf eemal ke Angst mehr ghabt, und er hat glücklich gelacht.
Vielleicht sollertn die Kirchenfürsten mit die altm odischa wallenda Gewänder
aa normaler daherkumm, ohne Nikolauskappm?
Sollert mer des net änder?
Lieber Gott, ich gläb, dass die Menschn innerhalb und außerhalb der Kirchng
dann aa ke Angst mehr hamm und sich nix mehr vor dir, lieber Gott, fürchng.

Geburtstagseinladung zum Heilichng Abend

Besten Dank für die Einladung zu dein Geburtstag, lieber Gott.
Dass du mich und mei Familie eingeladn hast – also, Sapperlott!
Mir hättn doch nie gedacht, dass mir zu den enga Kreis ghörn
oder dass mir gar zu dein Geburtstag eigeladn wern!
Ach so, du hast alla Menschn eigeladn heut?
Wo wista denn eigentlich feier mit dena Haufm Leut?
Ach so, in die Dome, die Kathedralen und aa in jeda klenna Kirch.
Hoffentlich passn alla Gratulantn nei! Des gibt sicher ä Gewürch!

Was wünschst du dir als Gschenk? Kannst du uns des sachng?
Dass mir änanner bekehrn? Oder dass mir uns besser vertrachng?
Ach so, du willst, dass mir Menschn mitänanner nix mehr bös sinn.
Oh, des wird schwer, wo mir doch von so verschiedener Größ sinn.

Also, OK, mir kumma gern zu dein Geburtstagsfeiertag.
So ä Einladung, des lassn mir uns net zwämal sach.
Aber ob des was mir mitbringa, ob des dir aa gut gfällt?
Es stammt nämlich leider ner bloß aus unner menschlichen Welt.
Was mir dir schenk wolln, sorgfältig ausgsucht zwar hammersch.
Aber vielleicht willst du des ja umtausch gecher äwas ganz, ganz annersch?

Weihnachtn, was feiern sa denn da?

Herr, sie feiern Weihnachtn, scho drei Monat vorher
fanga sa an.
Herr, sie feiern, und immer mehr Lichtli ums Haus
hamm sa dran.
Herr, sie beschenken sich wie wenn sa Geburtstag
hättn, die Leut,
aber *dir*, Herr, dem Geburtstagskind, schenkng sa
kaum Aufmerksamkeit.
Statt vom Christkind reden sa vom ›Weihnachtsmann‹,
die dumma Tröpf,
und hockng sich rota Zipfelmützn auf ihr
Gühwein-Köpf.
Herr, sie umarma sich und wünschen sich »Fröhlicha
Weihnacht«.
Wer gratuliertn *dir*? Wer dankt *dir* für alles, was *du*
uns gebracht?
Wo *du* doch damals, Gott sei Dank, auf die Welt
kumma bist,
wo des doch, lieber Gott, zu allererscht *dei*
Geburtstag ist!
Und es ghört sich doch net – jeder wäß des, des iss
doch wirklich bescheuert –,
dass mer dei Geburtstagsfest heutzutag scho Monate
vorn Geburtstag feiert.

Hammer alles?

Gschenke?
Hab ich gekäfft.
Termin für die Weihnachtsfeier?
Steht im Kalender.
Friseur?
War ich.
Speicher?
Hab ich gstöbert.
Keller?
Hab ich gschrubbt.
Weihnachtsbratn?
Käff ich.
Plätzli?
Sinn scho halber gessn.
Die Lichtli im Gebüsch vorn Haus?
Die brenna scho seit sechs Wochng.
Eisenbahn?
Bau ich grad auf.
Christbaam?
Steht scho seit vierzehn Tag.
Krippe?
Dadergecher bin ich geimpft.
Ich meen Weihnachtskrippela?
Ich hab doch gsacht, ich bin geimpft.
Weihnachtskartn?
Schreib ich noch.
Adveniat und Brot für die Welt?
Muss ich noch bezahl, in Gotts Nama.

Dankgebet und Besinnung?
Ja, was soll ich denn noch alles mach?

Prost Neujahr

Lieber Gott, ich dank dir für des letzta Jahr,
wenn's aa net immer so berauschend war,
aber im Großen und Ganzen kann mer's so lassn.
Es war, wie mer so secht, einigermaßen.
Fürs neua Jahr wünsch ich mir vo dir unbedingt:
dass es mir endlich die totale Gsundheit bringt,
dass mei Geld stimmt und dass die Aktien steichng,
dass es uns aa ämal so gut geht wie dena Reichng.
Mei größter Wunsch, lieber Gott: Mach, dass ich
noch glücklicher wer';
so richtig wunschlos glücklich, des wünsch ich mir
sehr.
Obwohl, ich hab ghört, lieber Gott, wenn du einen
strafen willst,
dass du demjenigen dann sei ganza, und zwar alla
Wünsche erfüllst.
Was ich dann noch möcht, lieber Gott: aa in Zukunft
ä guta Fraa,
die wo weiterhin fleißig schafft; am besten, sie iss
ganz für mich daa.
Und die Kinner und die Enkel gsund, brav und
angenehm.
Des iss doch für dich, lieber Gott, sicher ke Problem.

Halt, noch äwas; ich freech anstandshalber, dass ich's
net vergass:
Lieber Gott, wünschst *du* dir vo *mir* eigentlich aa
äwas?

Fasenacht

Helau, lieber Gott! Die Leut hamm sich maskiert,
sie sinn in einer Stimmung, wo sich kenner scheniert.
Sie trinkng, sie tanzn, sie küssen sich, und sie
lachng.
Herr, pass bitte auf, dass sa ke Dummheiten machng.
Die Miniröck sinn ganz kurz, die Ausschnitt kokett –
es ganza Jahr über trauertn sa sich so äwas net.
Aber an Fasenacht, sachng sa, da derfert des sei.
Am Aschermittwoch, sachng sa, wär sowieso alles
vorbei.
Lass sa ämal über die Sträng schlag, denn im
normalen Läbm
tätn sa sich für sötta Verrücktheitn doch ner bloß
schäm.
Lach selber ä weng mit, lieber Gott, und guck
fröhlich zu.
In der Fastnzeit dann, Herr, wolln mir alla wieder
guta Werke tu.
Mir wolln dann alla wieder brav sei, in dein Sinn,
Mann und Frau.
Aber heut, heut schrei mer alla ämal statt Halleluja
Helau!

In der Fastenzeit fasten?

Gott sei Dank, sie iss endlich kumma, die Fastenzeit.
Seit Weihnachtn hab ich zugenumma, aber gscheit.
Ab jetzt, ab morchng wird abgenumma, aber um
jeden Preis.
Kenn Schoppm mehr, kenn Speck, bloß noch Salat
und Reis.
Kenn Schokolad mehr und auf keinen Fall
›Kalorieren‹.

Ke Fett mehr essen, sondern ner bloß noch Fett abtrainieren.

Also, Fastenzeit iss jetzt. Mei Bauch, der muss fort!
Mit meiner Nachbern aber, Herr, red ich fei immer noch ke Wort.
Die hamm uns damals beleidigt, die hamm sich an uns versündigt!
Seitdem hamm mir dena die Freundschaft gekündigt.
Wenn mir uns beim Kirchgang treffm, dann guckng mir weg.
Die Leut sinn für uns Luft, der letzte Dreck!
Aber mir fastn! Mir betn! Ja sinn mir denn ke Fromma,
wo mir doch in der Karwochng kaum aus der Kirch rauskumma?
Eener hat gsacht: »Besser wär's, mit die Nachbern wieder zu reden.«
Der Depp! Mir hamm Charakter! Mir redn doch net mit än jedn.

Was iss jetzt besser, Herr: Versöhnung? Oder sinn mir zu dick gewesn?
Ich hör so schlecht, Herr. Wie? Meensts du net aa, besser wär: weniger essn?

Ostern

Geldgier und Feigheit, die ghörn zu die größtn Sündn auf dera Welt.
Dei Sohn, Jesus, lieber Gott, zuerscht verratn aus Gier, für viel Geld,
iss dann vom Pontius Pilatus, dem größtn Feigling – mir hörn's voller Zorn –,
mit unschuldig gewaschena Händ zum Tod am Kreuz verurteilt worn.

Am drittn Tag aber hat Jesus Christus für uns Zeugnis gäbm,
dass es doch noch weitergeht mit unnern geistichng Läbm.
Weiter geht's natürlich net, dazu ghöretn Zeiträum, Kilometer und Tod.
Aber uns gibt's noch ewig, ohne Zeit und ohne Raum und aa ohne Not.
Die österliche Auferstehung, Herr, iss für uns es Wichtigsta überhaupt.
Herr, zeig des bitte irgendwie *dem* Menschen, der dadran noch net glaubt.

Erntedank

Guck doch bloß ämal dorthi, du lieber Gott,
dort, im Papierkorb, liegt ä gschmierts Brot.
Was *die* Leut sich denkng, möchert ich wissn.
Früher, da hat kenner ä Brot weggschmissn.
Früher, wie sa mit der Sensn noch gschnittn hamm,
wie sa in der Sonnenhitz noch gelittn hamm,
wie sa die Garben noch bind hamm müss,
wie sa Misserntn noch verwind hamm müss,
wie die Spelzn noch aufm Buckl gejuckt hamm,
wie die Muskln noch nachng Dreschn gezuckt hamm,
wie noch von dir, Herr, geredt worn iss,
wie noch vorm Essn gebet worn iss,
da hamm die Leut es Brot, des wo mer heut eefach so schluckt,
noch mit ganz annera Aachng angeguckt.

O Heilicher Geist, kehr bei uns ein

Lieber Gott, ohne den Heilichng Geist, wo kummert mer denn da hin?
Wenn mir den Heilichng Geist net hättn, müssert mer na erfinn.
Mir brauchng na doch so oft, fast jeden Tag.
Wie soll ich mich verhalt, was soll ich jetzt am besten sag?
Wie oft iss ä falsches Wort gsacht? Mer will doch niemand verletz.
Wie oft, lieber Gott, braucht mer einen heilichgn ›Geistesblitz‹.
Ich wäß scho, Herr, du ghörst zur Heiligen Dreifaltigkeit.
Und weil so viel zu tun iss, habt ihr euch die Aufgaben ä weng eingeteilt.
Also, ich wenn än schwierigen Gang hab, ä kitzliges Gspräch,
dann bet ich zum Heilichng Geist, und ich bin so frei und ich freech,
ob er mir helf will. Er soll mir doch bitte än Vorschlag mach.
Und meistens iss es dann aa in Ordnung, was ich so sach.
Aber was die Politiker oft sachng, oder die Stars, was für ein Graus!
Was kummt vo dena Leut manchmal für ein Quatsch zu die Goschn raus!
Die hamm scheints nu nie vom Heilichng Geist ghört, muss mer leider sag.
Bei dena gilt halt oft: Ihr Fleisch iss willig, aber der Geist iss schwach.

Endlich Ferien!

Lieber Gott, es sinn Ferien! Mir fahrn nach Spanien, mir brauchng dich net.
Gut essn und trinkng, manchmal spät oder gar net neis Bett.
Tolla Frauen sinn aa da – mancha verheiert, mancha ledig.
Mach auch ä weng Urlaub, lieber Gott, mir hamm dich hier net nötig.
Heut abends iss Party. Bier, Schnaps und dicka Zigarrn rauchen.
Sei mir net bös, lieber Gott, dass mir dich im Urlaub wirklich net brauchng.
Net viel Verkehr hier, auf der Straß. Viel Platz zum Rasn und Sausn.
Aber mir machen fei aa in Kultur: Wirtshäuser vo inna – Kirchng vo außn.
Da – auf der Kirchetreppm. Au! Der Dokter meent, es wär ä Bruch.
Ich glääb, lieber Gott, entschuldige, aber mir brauchng dich doch.
Jetzt iss aa noch mein Freund sei Fraa weg; sie hat sich in än Spanier verliebt.
Lieber Gott, mir brauchng dich jetzt dringend! Zeig bitte, dass es dich gibt.

Allerheilichng

Mein Gott, Herr, kennst du alla Heilicha noch? Du müsserst's doch wiss!
Wer kennt sich da noch aus, wer scho alles heilich gsprochng worn iss?
Alla solln sa Wunder bewirkt hab, Heilungen und Fügungen und so weiter.
Des wird dann bekannt gemacht dem Heilichsprechungsprozesseinleiter.
Du, lieber Gott, ich kenn aber Heilicha in unnern Ort, des iss net gelochngn,
die laffm als normala Leut rum, tun Gutes, wern aber net heilig gsprochng.
Sogar Engeli hab ich scho kennagelernt. Des warn Menschn, ke Elfen.
Die hamm zwar ke Flügel, aber die sinn da in der Not, und sie helfen.
Ob alla Heilichgsprochena aa wirklich heilich sinn, Gottes treue Diener?
Wer will des wiss? Vielleicht sinn unter dena sogar ä paar Schlawiner?
Du, Herr, bist der eenzich, der wo die wirklich Heilicha benenn kann.
Du bist der, wo die wirklich Heilicha vo die Schlawiner dann aa trenn kann.

Fränkischa Stoßgebetli

Gut Nacht

Gut Nacht, lieber Gott, ich bin müd, ich hab Schlaf.
Was meenst du? War ich heut bös? War ich heut brav?
Ich mach jetzt gleich mei Licht aus, dass ich morchng in Form bin.
Und dank schön, dass ich heut net krank war und dass ich net gstorbm bin.

Weniger redn, mehr sagen

Also, ich muss scho sag, Herr: Des war heut in der Kirch net es Gelbe vom Ei.
Natürlich, net ä jeder Pfarrer kann gut predig, des seh ich scho ei.
Herr, schick uns Pfarrer, die wu Bescheid wissn vo dem, was sa redn.
Mir machert's aa nix, wenn sa ä Fraa wärn oder wenn sa eena heier derf tätn.

Mahlzeit

Danke, lieber Gott, auf mein Teller liecht ä Wurscht.
Danke, lieber Gott, in mein Glas iss was fürn Durscht.
Danke, lieber Gott, vo dir kummt alles. Ich will's net vergess.
Tut mer leid, mei Zeuch werd kalt. Danke, aber ich muss jetzt wirklich ess.

Lieber Gott, wie geht's?

Servus, lieber Gott, ich hab Zeit und wollt ämal ä weng mit dir red.
Ich wollt dich freech, wie's dir da drom im Himmel so geht …
Ach, Gott, lieber Gott, es Fernsehn geht ja an, des tut mer jetzt aber leid.
Ä annersch Mal, lieber Gott. Aber du sichst's: Ich hab jetzt wirklich ke Zeit.

Gut Morchng

Gut Morchng, lieber Gott. Ich hab gut gschlaffm, da bin ich froh.
Getreemt hab ich, Gott sei Dank, nix – und eemal, um viera, war ich aufm Klo.
Mancha Leut sachng: »Es iss ä wengla wie gstorm, wenn mir schlaffm.«
Des kann net sei. Ich war doch net im Himmel, und dich hab ich aa net getroffm.

Überstanna

Än Moo hab ich betn ghört am kaltn, frischn Grab vo der Müllers Johanna.
Und fröstelnd hör ich na redn: »Du hast's gut, Johanna, du hast's überstanna.«
Aber der Frecker, jetzt geht er hemm nei sein warma Zimmer! Hast's ghört?
Da hat mer leicht redn. Hoffentlich iss im Himmel aa schö warm gschürt.

Gsündigt

Lieber Gott, scho wieder hab ich gsündigt. Immer es gleicha, mei alts Leidn.
Wo sinn mei guta Vorsätz? Vielleicht iss mei Sünd gar net zu vermeidn.
Du ällees wäßt's, lieber Gott: Ich will ja gar net sündig. Iss des net zum Lachng?
Gut iss, dass du des verstehst. Du hast ä Schwäche für die Schwachng.

Ä fremma Fraa

Mein lieber Gott, da iss mer gestern ä tolla Fraa übern Weg geloffm!
So ä schönna, fröhlicha Fraa hab ich meiner Lebtag nu net angetroffm.
Aber, lieber Gott, mir brauchng uns ke Sorchng zu machng, mir zwei.
Gott sei Dank, meina iss mir lieber, des war bloß … es iss ja scho wieder vorbei.

Die Amsel

Es iss Ende April, die Sunn scheint, ä Vogel singt im Baam, ä Amsela, ganz klee.
Sie unterhält sich mit ä annera Amsel. Aber Menschn könna des net versteh.
Guck, dort streitn Menschn, ich kannsa net hör, bloß Mundbewegunga kast seh.
Vielleicht iss besser so, lieber Gott. Und für die Amsel dank ich dir recht schö.

»In Gottsnama«

»In Gottsnama«, sachng die eena – die annern »In Gottes Namen, fang mer an.«
Die eena meena: »Vo mir aus.« – Die annern: »Ohne Gott bring mer nix zamm.«
Des warn noch Zeitn, wo in Gottes Nama noch gstorbm und geborn worn iss.
Schad, dass inzwischn der tiefe Sinn von »In Gottes Namen« verlorn worn iss.

Per du

Schrecklich! Eure Heiligkeit, Eminenz, Exzellenz oder aa hochwürdicher Herr.
Lieber Gott, des ausänannerzuhaltn und gar des zu sachng, fällt mir fei schwer.
Und wenn ich ämal im Himmel vielleicht een vo dena Herrn treff; ich will frag:
Derf ich dann dort zu dena ehemalicha ›hoha Herrn‹ ›du‹ ämend sach?

Lieben

Lieber Gott, neulich hab ich ä Fraa ghört mit folgenden Worten:
»Was hab ich für ein Glück ghabt! Ä Läbm lang bin ich geliebet worden.«
Also, ich möchert den Satz rumdreh, lieber Gott, und ä weng tiefer schürfen,
nämlich: »Was hab ich für ä Glück ghabt! Ich hab ä Läbm lang lieben dürfen.«

Wilhelm Wolpert bei *vmn*

Der kranke Franke

Fränkische Gschichtn zum Gesundlachen, 80 Seiten, 12,00 €

Fränkischa Frecker

Fränkische Gschichtn und Gedichte, 80 Seiten, 12,00 €

Ä Katz müßt mer sei

Fränkischa Gschichtli vo fränkischa Tierli, 80 Seiten, 12,00 €

Haut ab! Des iss unner Feuer!

Geschichten von der Fröhlich-Fränkisch-Freiwilligen Feuerwehr
88 Seiten, 12,00 €

Jetzt wird's aber Zeit

Mundartliche Geschichten und Gedichte für Franken, 80 Seiten, 12,00 €

Liebes Christkindla . . .

Weihnachtliche Geschichten und Lieder aus Franken, 64 Seiten, 10,00 €

Herrgott, Dir wenn's nachging

Frech, fromm, fröhlich, 64 Seiten, 10,00 €

Der fränkische Moo

War der eigentlich immer scho so? 80 Seiten, 12,00 €

A Fränkische Fraa

Die kummt een zwar teuer, aber – mer hat aa lang draa, 80 Seiten, 12,00 €

Schwarza fränkischa Schäfli

Immerzu fromm in Gedanken, Worten und Werken –
des sinn net grad än echten Franken sei Stärken, 80 Seiten, 12,00 €

Fränkisch verheiert

Du sollst mich begehr', sonnst kannsta mich gern hab!, 80 Seiten, 12,00 €

Heuer schenk mer uns ämal nix!

Hoffentlich haltn sa sich alla dran, die Schlawiner, 80 Seiten, 13,00 €

Die CDs

So sinn sa halt, die fränkischa Frecker!
Wilhelm Wolpert – live erlebt!
A fränkischa Fraa und ihr Moo
Wer lacht'n an Weihnachtn?

Infos unter: www.wilhelm-wolpert.de